AF451713

L'Echo Parisien,

Choix de Romances,

CHANSONS NOUVELLES

ET GAUDRIOLES,

Chantées par Léon PIVERT et son Epouse.

L'OUVRIER.

Enfant du peuple, on me dit : Prends des armes !
Assez longtemps nous avons su souffrir ;
Jette avec nous le trouble et les alarmes,
Puisqu'on nous trompe, il faut vaincre ou mourir.
Je répondis : ailleurs je fraternise ;
L'ordre avant tout, je sais vivre de peu ;
Simple ouvrier, l'honneur est ma devise,
J'ai confiance en mon pays et Dieu   *bis.*

D'autres m'ont dit : Tu veux un sort prospère ?
Par ton travail ne crois pas l'obtenir.
Ton peu d'argent, l'humble champ de ton père,
A nous doivent appartenir.
J'ai répondu : Honte à votre paresse,
Vous qui jamais n'aurez ni feu, ni lieu !

Jeune ouvrier, je pense à ma vieillesse,
La prévoyance est un ordre de Dieu.   *bis.*

On dit enfin qu'à mon foyer modeste
Je ne dois plus espérer de bonheur;
Que ma compagne et l'enfant qui me reste
N'ont aucun droit maintenant sur mon cœur,
A ma famille, à mon bonheur suprême,
Si vous touchez, cette fois je fais feu.
Pauvre ouvrier, c'est tout ce que j'aime,   *bis.*
Pour me l'ôter je ne connais que Dieu.

LE SOLDAT DE LA LOIRE.

Doux souvenirs de mon pauvre village,
Hélas! qu'êtes-vous devenus?
Plaisirs qui charmaient mon jeune âge,
Adieu, je ne vous verrai plus.

Du haut d'une montagne
Deux pauvres grenadiers
Contemplaient la campagne
Qu'ils avaient sous leurs pieds.
Jean, nettoyant ses armes,
Tout pensif écoutait;
Robert, couvert de larmes,
Tristement répétait :

Doux souvenirs, etc.

Quel est cette musette
Et ces bons paysans?
Est-ce un jour de fête
Qu'on chômait tous les ans ?
Et cette mariée
Que j'aperçois là-bas ?
Ciel! c'est ma fiancée,
Louise ne m'attend pas.

Doux souvenirs, etc.

Au loin, dans la poussière,
Qu'aperçois-je, ô mon Dieu?
Notre pauvre chaumière
Détruite par le feu;

Vois cette croix de pierre,
Malheur trop inouï,
C'est celle de mon père;
Amis, prions pour lui.

    Doux souvenirs, etc.

Le soldat de la Loire
Aime encore l'Empereur,
Nous partagions sa gloire :
Partageons ses malheurs.
La fortune cruelle
A trahi sa vertu ;
Sainte-Hélène t'appelle,
Soldat, hésites-tu ?

    Doux souvenirs, etc.

L'aimable Ouvrier voyageur.

Ainsi qu'un papillon volage,
L'aimable ouvrier voyageur
Toujours galant dans son langage,
Sait voltiger de fleur en fleur.
Beauté dont l'âme est attendrie,
Prends garde, il saura te toucher.
Chantons l'amour et la patrie,   (bis.)
Le temps viendra nous rapprocher.

Partons, l'honneur nous accompagne,
Ne manquons pas à nos serments ;
Chacun joindra sa compagne,
Et fera finir ses tourments.
Nous allons revoir la prairie,
Notre mère et le vieux clocher.

    Chantons, etc.

Amis, patience et courage,
L'artisan aura ses beaux jours ;
On perd son bien dans un naufrage,
Le vrai talent reste toujours.
Propagateurs de l'industrie,
Avec le siècle il faut marcher.

    Chantons, etc.

Le plus beau pays, c'est la France;
Les étrangers en sont jaloux.
Partons, guidés par l'espérance :
Le Dieu du peuple est avec nous.
Pour les absents là-bas on prie;
De doux nœuds vont nous attacher.
Chantons l'amour et la patrie,
Le temps viendra nous rapprocher.

AIME-MOI BIEN.

Aime-moi bien, je t'en conjure,
Je n'ai plus foi que dans ton cœur,
Le baume guérit la blessure,
Et l'amour guérit la douleur.
Laisse-moi l'espoir qui m'énivre,
Car c'est mon unique soutien.
Mais pour m'aider encore à vivre,
Aime-moi bien, aime-moi bien.   (bis.)

Aime-moi bien, oh! ma chérie,
Et pour payer tout ton amour,
Je te consacrerai ma vie
Et mes pensers de chaque jours :
Je t'aimerai comme ma mère,
Et ton nom à côté du sien
Sera placé dans ma prière,
Aime-moi bien, aime-moi bien.   (bis.)

Aime-moi bien, car dans ce monde
Il ne me reste, tu le sais,
Ni mère, ni sœur qui réponde :
Pas une larme, pas un regret.
Gloire, avenir, amis, famille,
Pauvre exilé..... je n'ai plus rien
Que ton amour, oh! jeune fille,
Aime-moi bien, aime-moi bien.   (bis.)

Je t'aimerai comme l'abeille
Aime la fleur où gît son miel,
Comme l'oiseau l'aube vermeille,
Comme l'étoile aime le ciel.
Je t'aimerai, ma toute pure,
Comme ton bon ange gardien,
Mais à ton tour, je t'en conjure,
Aime-moi bien, aime-moi bien.   (bis.)

Limoges. — Imprimerie d'Ardillier, place des Bancs.

Nini la Fleuriste.

Air de *Jenny l'Ouvrière*.

Voyez d'ici la petite fenêtre,
Qui du soleil a les premiers rayons ;
Sous le rideau vous verriez apparaître
Une chambrette, un vrai nid de pinsons.
Voyez d'ici la petite fenêtre
Qui du soleil a les premiers rayons :

Refrain.

C'est le logis de Nini l'ouvrière,
De la fleuriste au chant joyeux,
Qui n'a pour bien que ce qu'il faut pour plaire,
   Un maintien gracieux,
   Un cœur et de beaux yeux.

Dans son logis la simplicité brille,
Pour luxe elle a des oiseaux et des fleurs.
Avec les uns la belle enfant babille,
En imitant des autres les couleurs.
Dans son logis la simplicité brille,
Pour luxe elle a des oiseaux et des fleurs ;
C'est le bonheur de Nini, etc.

A l'amoureux qui lui dira : je t'aime,
Peut-être un jour que Nini répondra :
« Je veux un cœur aimant d'amour extrême ;
« C'est un mari qui me le donnera. »
A l'amoureux qui lui dira : je t'aime,
Peut-être un jour que Nini répondra :

C'est un mari qu'il faut à l'ouvrière,
A la fleuriste au chant joyeux,
Qui n'a pour dot que ce qu'il faut pour plaire,
Un maintien gracieux,
Un cœur et de beaux yeux !

Retour en France.

Oui, voyageur sur la terre et sur l'onde,
J'ai parcouru tout le vaste univers :
J'ai vu l'ancien, j'ai vu le Nouveau-Monde,
Bien des climats, bien des pays divers ;
J'ai vu Stamboul, après Rome et Florence,
Vu l'oasis où les mois sont des jours.
Mais rien pour moi ne vaut encore la France,   (bis.)
Et, cette fois, je reviens pour toujours.

Dans les cités, au désert, sous la tente,
J'ai rencontré des visages humains.
Souvent, malgré cette humeur inconstante,
Triste, en partant, serré de nobles mains.
Pour lui trahir la crainte et l'espérance
J'ai pu trouver plus d'un cœur sans détour ;
Mais point d'amis comme ceux de la France,   (bis.
Et, cette fois, je reviens pour toujours.

Ailleurs, dit-on, les femmes sont plus belles,
Ou dans la voix, ont un plus doux accent,
Ou bien encore moins souvent infidèles,
N'offrant leur cœur qu'à l'amour innocent.
Sur ces récits n'ayez point d'assurance,
Ne croyez pas, jeunes gens, ces discours,
Car nulle part, on n'aime comme en France,   (bis.)
Et, cette fois, je reviens pour toujours.

L'ANGE AU CIEL.

Que cherches-tu sur cette terre étrange,
Esprit du ciel perdu dans nos chemins;
Ne crains-tu pas de blesser tes pieds d'ange
Aux durs cailloux de nos sentiers humains ?
Ne crains-tu pas qu'un parfum ne dévoile
Ton origine à ceux qui te verront,
Et que le vent qui soulève ton voile,
Ne fasse luire une étoile à ton front ?

Lorsque ma voix te dit tout haut : je t'aime.
Et que tes yeux me le disent tous bas.
Sais-tu pourquoi je tombe à l'instant même,
A tes genoux plutôt que dans tes bras ?
C'est qu'ici-bas un bonheur sans mélange
N'est pas du monde où je vis soucieux,
Et que j'ai peur que Dieu ne dise : un ange
Manque, il me semble, aux phalanges des cieux.

A cette voix alors obéissante,
D'entre mes bras mon ange glisserait,
Et ma faiblesse à te suivre impuissante,
Du regard seul sur tes pas volerait ;
Car pour monter aux voûtes éternelles,
Quand dans ce monde on est las de souffrir,
La mort vient seule alors m'offrir ses ailes,
Et pour te suivre il me faudrait mourir.

LE BANDOULIER.

Je suis le bandoulier, l'effroi de la contrée ;
Combien de malheureux sous mon poignard sont morts.
Le vol est mon état et le sang ma livrée,
Mes crimes sont des lois au règne du remords.

Allons, allons courage,
C'est de l'enfantillage,
Je ne puis oublier
Que je suis bandoulier.

Quand je pense pourtant qu'au lieu de cette vie Sombre, triste, agitée, au milieu de ces bois, J'aurais pu vivre heureux près d'une amie Honnête, aimé de tous, mais je pleure, je crois. Allons, etc.

Mais quel est devant moi ce spectre redoutable, C'est mon père, ô terreur ! je l'entends s'écrier : Maudit, maudit sois-tu, fils indigne et coupable. Grâce, mon père, oh ! oui je vais craindre et prier. Allons, etc.

Tu ne m'as pas maudit, ô toi ma bonne mère, Non, non, mais en mourant tu dus prier pour moi, Car je sens dans mon cœur pénétrer ta prière, Saint amour maternel, j'ai fléchi devant toi.

Oui, par la pénitence,
Les pleurs et l'abstinence,
Je veux faire oublier
Que je fus bandoulier.

LA FILLE DE LA VALLÉE.

Air connu.

Quand la brise du soir
Passe sur ma vallée,
Je crois encore la voir,
Mon âme est consolée.
Elles m'apportent sur leurs ailes
Les souvenirs de mon pays ;
Parfums de fleurs fraîches et belles,
Je vous respire et vous souris ;
Echo, redis-moi la chanson du pays,   (bis.)
Ah ! ah ! j'entends au loin mes compagnes,
Ah ! ah ! c'est le chant de nos montagnes.

Douces voix que j'aimais,
Vous berciez mon enfance,
Revenez désormais
Endormir ma souffrance.
Pourquoi si jeune ai-je des larmes ?
Plus de chagrins, les chants joyeux
Des rossignols sont sans larmes,
Imitons-les, chantons comme eux.

Echo, etc.

Mon cœur bat, elle est là.
Oui, c'est elle, ma mère,
Près de moi la voilà,
Ecoutant ma prière,
Oui, je reviens dans ma vallée.
Bonheur, espoir, tout est là-bas,
Je ne suis plus triste, isolée,
Mais c'est un rêve, il passe, hélas !
L'écho fuit emportant les chants du pays,
Ah ! ah ! adieu donc, ô mes compagnes !
Ah ! ah ! et le chant de nos montagnes.

Limoges. — Imprimerie d'ANDILLIER, place des Bancs.

Les Canotiers Parisiens.

Dédié à M. Achard.

Barcarolle.

Le ciel n'a plus d'étoiles,
Debout, joyeux rameurs;
Le vent souffle nos voiles,
Mais les vents sont trompeurs.

Refrain. Partons, amis partons,
Amis partons, partons,
Les vents sont bons, heureux canots,
Sans avirons fendez les flots.

Chantons, chantons;
Nous n'avons pas Venise,
Ses lagunes, sa brise,
Ses fameux gondoliers;   (bis).
Mais nous avons la Seine,
La Seine qui promène   (bis)
Ses joyeux canotiers.
Lu, la, ral, la, la, la.

Sous son chapeau de paille,
Ainsi qu'un batelier,
Femme à gentille taille
Chante en vrai marinier.
Partons, etc.

Le vent nous est en poupe,
Filons, gais compagnons ;
Dans la svelte chaloupe
Buvons, rions, chantons.
Partons, etc.

La Croix du Brave.

Ah ! ne pleurez pas davantage,
Ma mère, c'est trop m'attrister ;
Laissez-moi du moins le courage
Qu'il faut avoir pour vous quitter.
Mère, bientôt sur ma poitrine
La croix du brave brillera ;
D'honneur comme mon cœur battra.
Ah ! ne soyez donc plus chagrine,   (bis.)
Mère, votre fils reviendra.

Bientôt après, couvert de gloire,
Un soldat blessé, mais vainqueur,
Reçut au champ de la victoire
L'étoile, signe de l'honneur.
Mais soudain, ô douleur amère !
Sentant approcher son trépas,
A ses amis il dit : Hélas !
Portez cette croix à ma mère,   (bis.)
Son fils ne la reverra pas.

L'un d'eux a compris sa prière :
Hélas ! comme son cœur battit
En approchant de la chaumière
Dont le pauvre soldat partit.
En tremblant il frappe à la porte,
Une vieille aux traits amaigris
Se présente et jette des cris :
Elle a vu la croix qu'on apporte,   (bis.)
Et meurt en appelant son fils.

VIVE PARIS.

Vive Paris ! la ville des merveilles,
Temple divin de la gloire et des arts.

Où le plaisir sait prolonger nos veilles,
Où tout séduit nos goûts et nos regards.
On la chanta dans cent lieux à la ronde,
Son nom magique a passé bien des mers ;
C'est que Paris est la reine du monde,   (bis).
Et qu'elle fait envie à l'univers.

Vive Paris ! ses femmes sont charmantes :
Pleines de goût, de grâce, de gaîté,
Il n'en est pas ailleurs de plus aimantes
Dispensant mieux amour et charité,
Grâce aux attraits que leur esprit féconde,
Leur renommée a passé bien des mers :
C'est qu'elles sont les plus belles du monde,   (bis).
Et qu'elles font envie à l'univers.

Vive Paris ! on y juge la France,
Et si son peuple est léger et moqueur,
On sait du moins que la moindre souffrance,
Jamais en vain ne s'adresse à son cœur.
Pour l'admirer, oubliant qu'il les fronde,
Que d'étrangers ont traversé les mers !
C'est que son peuple est le premier du monde,   (bis).
Et fit toujours envie à l'univers.

UN MOT D'ESPOIR.

Oui, pour soumettre au loin les infidèles,
A Dieu, à Dieu je fis un serment solennel :
Mais au moment de frapper les rebelles,
Tu m'apparus, ô fille d'Israël !

Puisqu'en tous lieux il faut que je te suive,
De ton regard subissant le pouvoir,
Du moins Sarah, Sarah la belle juive,
Laisse en mon cœur (bis) tomber un mot, un mot d'espoir.

Vois, maintenant, je n'ai plus de patrie,
Car en me maudissant, les miens m'ont oublié :

Grâce! réponds à la voix qui te crie :
De tant d'amour n'auras-tu pas pitié !

> Puisqu'en, etc.

Dieu sur mon front versa l'eau du baptême :
Tu veux, tu veux qu'ici je renonce à ma foi ;
Eh bien, du Ciel je brave l'anathème,
Puisqu'il le faut pour être aimé de toi !

> Puisqu'en, etc.

LE BARDE.

Romance.

Le cor retentit dans les bois ;
Mon père appelle son armée.
Il faut retourner aux exploits.
Adieu, adieu, ma bien-aimée !
Ne verse pas des pleurs d'amour ;
Mais prends la harpe de la gloire,
Bientôt je serai de retour   (*bis*).
Sur les aîles de la victoire.

L'azur du ciel est dans tes yeux,
Ton souffle est celui du zéphyre ;
Le premier rayon lumineux
Est moins beau que ton doux sourire ;
L'albâtre de ton sein charmant
Du cygne efface le plumage :
Je suis ton époux, ton amant,   (*bis*)
Qui te laisse dans le veuvage !

Si le destin trompait mes vœux,
S'il faut que ma valeur succombe,
Au bord du torrent écumeux
Souviens-toi d'élever ma tombe ;
Et lorsque les vapeurs du soir
Viendront obscurcir nos rivages,
Je descendrai pour te revoir   (*bis*)
Du palais flottant des nuages.

Limoges. — Imprimerie d'ARDILLIER, place des Bancs.

L'ÉCHO PARISIEN

CHOIX DE ROMANCES

ET

CHANSONS NOUVELLES

CHANTÉES PAR REGNIER.

Le Chercheur d'Or.

SOUVENIR DE LA CALIFORNIE 1848.

AIR : *de Jenny l'ouvrière.*

Tu veux quitter ta patrie et ta mère
Pour la richesse; un vain mot d'ici-bas;
Crois ton amie et sa douleur amère,
Qui semble dire : Il ne reviendra pas :
Car la fortune est souvent éphémère ,
Elle s'enfuit et donne le trépas.

REFRAIN.

Reste avec nous; Dieu de sa main bénie
  Protége encor
  Notre heureux sort ;
Dans les déserts de la Californie
  Tu peux trouver la mort ,
  Va , pauvre chercheur d'or.

Dans le placer où l'ambition guide
Le malheureux qui brave le destin ,
De s'enrichir, oh ! comme il est avide!
Plus de sommeil ; l'or a touché sa main :
De joie , hélas ! sa paupière est humide ,
Lorsqu'il se meurt de fatigue et de faim;
  Reste avec nous , etc.

Rappelle-toi Nabogame et ses mines,
Plus pleines d'or que le Sacramento ;
Que de mineurs tombaient sur ses ruines
Frappés du fer par le Gambusino ?
La zopilote aux serres assassines
Du dernier râle en étouffait l'écho.

       Reste avec nous , etc.

Malgré les pleurs , il quitta la chaumière
Qu'le chagrin est depuis son départ.
Deux mois après , courbé dans la poussière ,
Il palpait l'or qui charmait son regard ;
Quand du frio d'atteinte meurtrière
Vint le saisir , palpitant , l'œil hagard ,
Il murmurait , dans sa lente agonie ,

       Adieu trésor ,
        Plus d'heureux sort ,
Dans les déserts de la Californie
       Ils trouveront la mort ,
        Les pauvres chercheurs d'or.

Aime-moi bien.

Aime-moi bien , je t'en conjure ,
Je n'ai plus foi que dans ton cœur ;
Le baume guérit la blessure ,
Et l'amour guérit la douleur.
Laisse-moi l'espoir qui m'enivre ,
Car c'est mon unique soutien ;
Mais , pour m'aider encore à vivre ,
Aime-moi bien , aime-moi bien.   (bis).

Aime-moi bien ; oh ! ma chérie ,
Et pour payer tout ton amour ,
Je te consacrerai ma vie
Et mes pensées de chaque jour ;
Je t'aimerai comme ma mère ,
Et ton nom à côté du sien
Sera placé dans ma prière ;
Aime-moi bien , aime-moi bien.   (bis).

Aime-moi bien , car dans ce monde,
Il ne me reste, tu le sais ,
Ni mère , ni sœur qui réponde
Par une larme à mes regrets.
Gloire , avenir , amis, famille ,
Pauvre exilé... je n'ai plus rien
Que ton amour, ô jeune fille !
Aime-moi bien , aime-moi bien.   (bis).

Je t'aimerai comme l'abeille
Aime la fleur où git son miel ;
Comme l'oiseau , l'aube vermeille ;
Comme l'étoile aime le ciel.
Je t'aimerai , ma toute pure ,
Comme ton bon ange gardien ;
Mais , à ton tour , je t'en conjure ,
Aime-moi bien , aime moi bien.   (bis).

Les Feuilles mortes.

MÉLODIE.

Mes jours sont condamnés ,
Je vais quitter la terre ;
Il faut vous dire adieu
Sans espoir de retour.
Vous qui pleurez , hélas !
Bel ange, tutélaire ,
Laissez tomber sur moi
Vos doux regards d'amour ;
Du céleste séjour
Entr'ouvrez-moi les portes ,
Et du maître éternel
Pour adoucir la loi.

Refrain :

Quand vous verrez tomber ,
Tomber les feuilles mortes ,

Si vous m'avez aimé ,   (quater).
Vous prierez Dieu pour moi.   (bis).

Oui , le premier printemps
Va fleurir sur ma tombe ;
Oui , ce jour qui m'éclaire
Est mon dernier soleil.
Et des arbres jaunis
Chaque feuille qui tombe
Me montre du trépas
Le lugubre appareil ;
Oui , des oiseaux du ciel
Les légères cohortes
Chanteront dans les airs
Sans causer mon effroi.
  Quand vous verrez , etc.

Sans vous, sans votre amour
Je quitterais la vie
Sans rien regretter ,
Comme un séjour de deuil.
Aux chagrins, aux revers
Ma jeunesse asservie
Voit la mort comme un phare ,
Et non comme un écueil ,
Mais j'ai par vos doux soins
Des douleurs les plus fortes
Bravé les traits cruels
Sans trouble et sans effroi.
  Quand vous verrez , etc.

Laval , Imprimerie de H. Godbert.

Embrassons-nous pour la dernière fois.

Romance.

PAROLES DE J.-A. SÉNÉCHAL.

Air de *Vive Paris*, ou du *Retour en France*.

Eh quoi ! tu pars, tu délaisses Héloïse,
Qui t'adorait, qui t'aimait tendrement ;
A ton amour je fus toujours soumise ;
Rappelle-toi de ton premier serment.
Ne m'as-tu pas juré d'être fidèle ?
T'ai-je trahi en vivant sous tes lois ?
Puisque c'est toi qui me fuis, infidèle,   (bis.)
Embrassons-nous pour la dernière fois.

Rappelle-toi qu'aux pieds de cette vierge,
Agenouillée, j'implorais le Sauveur,
Lorsque priant tu fis brûler un cierge,
En demandant à Dieu le vrai bonheur.
Je te croyais ; mais, hélas ! ô mensonge !
Tous tes serments étaient faux, je le vois,
Puisque je fus bien plus heureuse en songe,
Embrassons-nous pour la dernière fois.

Rappelle-toi que Dieu seul est le maître,
Et que sans lui, non, rien n'est triomphant ;
Sans son aveu tu n'aurais pas vu naître
Ce gage heureux, mon trésor, mon enfant.
Oh ! je le sais, te rappelant ses charmes,
Tu souffriras, oh oui, plus d'une fois.
Eh quoi ! tes yeux se remplissent de larmes ?
Embrassons-nous pour la dernière fois.

Alfred, adieu ! adieu ! c'est pour la vie.
Puisqu'ici-bas je n'ai plus qu'à souffrir,
Reprends l'anneau qui comblait mon envie
Pour effacer ce triste souvenir.
Non, je ne puis te reprendre ce gage
Qui fut béni devant ta mère et Dieu.
Bonne Héloïse, ah! je serai plus sage,
Restons unis et soyons plus heureux.

Dois-je l'oublier ?

Mon Dieu, je t'en supplie,
Protège mes amours ?

Il faut que je l'oublie :
Je l'aimerai toujours.
      Oh ! oui, je l'aime
      Plus que moi-même;
Elle est la vertu même.
      De mon amour
      Serai-je un jour
Bien payé de retour ?

De lui rester fidèle
Je m'impose la loi ;
Je ne vis que pour elle,
Et lui promets ma foi.
      Oui, sur mon âme,
      Je le proclame,
Elle est la seule femme
      Qui peut d'amour
      M'offrir un jour
Un bonheur sans retour !

Quoi ! tu crains, jeune fille,
Les reproches un jour.
Pour plaire à ta famille,
Tu veux fuir mon amour ?...
      Va, l'opulence,
      Sans la constance,
Ne fait point l'existence.
      C'est dans un cœur
      Consolateur
Qu'on trouve le bonheur.

Si de toi je dois être
Séparé pour toujours,
De vifs regrets peut-être,
Noirciront nos beaux jours.
      Oh ! sois heureuse !
      Sois vertueuse,

Et mon âme envieuse
Dira toujours :
Adieu ! beaux jours
Des premières amours !

La colère d'ue Portier.

Dis-moi cancannière
Que prétends-tu faire.
Sur chaq' locataire
Tu n' fais que d' jaser.
C'est abominable
Vingt fois détestable !
Je crois d' par le Diable,
Tu es possédée.

REFRAIN.

Tir', tir', tir' la ficelle,
Entends-tu frapper le marteau
N'est pas trop tôt;
Ouv' le guichet, prends ta chandelle,
Car il est de notre devoir
D'apercevoir.
Tir', tir' tir' tir' tir' tir' tir' la ficelle,
Sans façon
Jeanneton,
Tir' le cordon.

Par ton bavardage,
Toujours on m'outrage
Et l'on déménage
Souvent sans payer.
J' crois qu'en vient la mode,
Je n' vois plus d' commode
Chez la f'seuse de mode;
Qui payera l' loyer?
Tir', etc.

Toujours chez Mélange,
Sans qu' ça n' le dérange
Tu soif et tu mange,
Notre saint frusquin;
Vrai, c'est une outrance

J'en aurai vengeance,
Dans l' baquet d' science
J' te f'rai prendre un bain.
      Tir', etc.

La lettre de mort.

Air : *Allez cueillir des bluets dans les blés.*

Elle n'est plus, celle que mon cœur aime,
Ah ! c'est un rêve, en croirai-je mes yeux ?
Lisons encore, lisons ; douleur extrême !
Elle a franchi le seuil mystérieux.
Toi qui m'écris, ne crains pas que j'oublie
Que ton message est un culte précieux.
Ah ! prions Dieu de la rendre à la vie,
Car je lui dois de doux baisers d'adieu.

J'étais bien loin, quand sa morne prunelle
En me cherchant se voila pour toujours.
Faut-il mourir quand on est jeune et belle !
Serment d'aimer promet de si beaux jours !
A mon bonheur portiez-vous donc envie,
Dieu, qu'aussitôt la rappelez aux cieux ?
Ah ! rendez-la pour une heure à la vie,
Car je lui dois de doux baisers d'adieu.

Le dernier mot qu'étouffa l'agonie,
Ce fut mon nom. Ah ! qu'elle dut souffrir !
A son chevet pas une voix amie
Ne vint lui dire : Espère ; il peut venir.
Comme une fleur sur sa tige flétrie,
Elle courba son front silencieux.

      Ah ! rendez-la, etc.

Il est donc vrai qu'ici-bas tout succombe,
Que le néant fait notre bien commun ;
Que, nous traînant des langes à la tombe,
Que le destin fait une place à chacun,
Vous que l'on dit la clémence infinie,
Mon Dieu, soyez miséricordieux.

      Ah ! rendez-la, etc.

Imp. de H. Godbert, à Laval.

L'ECHO PARISIEN.

CHOIX DE ROMANCES.

ET

CHANSONS NOUVELLES

Chantées par REGNIER.

L'ouvrier.

Enfant du peuple , on me dit : Prends les armes
Assez longtemps nous avons su souffrir ;
Jette avec nous le trouble et les alarmes ;
Puisqu'on nous trompe , il faut vaincre ou mourir.
Je répondis : Ailleurs je fraternise ;
L'ordre avant tout ; je sais vivre de peu ;
Simple ouvrier, l'honneur est ma dévise,   (bis.)
J'ai confiance en mon pays et Dieu.

D'autres m'ont dit : Tu veux un sort prospère ;
Par ton travail ne crois pas l'obtenir.
Ton peu d'argent l'humble champ de ton père ,
A nous aussi doivent appartenir.
J'ai répondu : Honte à votre paresse ,
Vous qui n'avez jamais ni feu , ni lieu !
Jeune ouvrier , je songe à ma vieillesse , (bis.)
La prévoyance est un ordre de Dieu.

On dit enfin qu'à mon foyer modeste
Je ne dois plus espérer de bonheur :
Que ma compagne et l'enfant qui me reste
N'ont aucun droit maintenant sur mon cœur.
A ma famille , à mon bonheur suprême ,
Si vous touchez , cette fois , je fais feu !
Pauvre ouvrier , c'est là tout ce que j'aime : (bis.)
Pour me l'ôter je ne connais que Dieu.

Le soldat de la Loire.

Doux souvenirs de mon pauvre village ,
Hélas ! qu'êtes-vous devenus ?
Plaisirs qui charmiez mon jeune âge,
Adieu , je ne vous verrai plus.

    Du haut d'une montagne ,
    Deux pauvres grenadiers
    Contemplent la campagne
    Qu'ils avaient sous leurs pieds.
    Jean , nettoyant ses armes ,
    Tout pensif écoutait ;
    Robert , couvert de larmes ,
    Tristement répétait :

Doux souvenirs , etc.

    Quelle est cette musette
    Et ces bons paysans ?
    Est-ce un jour de fête
    Qu'on chômait tous les ans ?
    Et cette mariée ,
    Que j'aperçois là-bas !
    Ciel ! c'est ma fiancée !
    Louise ne m'attend pas !

Doux souvenirs , etc.

    Au loin dans la poussière ,
    Qu'aperçois-je ! ô mon Dieu !
    Notre pauvre chaumière
    Détruite par le feu
    Vois cette croix de pierre ,
    Malheur trop inouï ,
    C'est celle de mon père !
    Ami . prions pour lui.

Doux souvenirs , etc.

    Le soldat de la Loire
    Aime encor l'Empereur.
    Nous partagions sa gloire ,
    Partageons ses malheurs.
    La fortune cruelle

A trahi sa vertu ;
Sainte-Hélène t'appelle ;
Soldat , hésites-tu ?
Doux souvenirs , etc.

L'aimable ouvrier voyageur.

Ainsi qu'un papillon volage ,
L'aimable ouvrier voyage,
Toujours galant dans son langage ,
Sait voltiger de fleur en fleur.
Beauté , dont l'âme est attendrie ,
Prends garde , il saura te toucher.

Chantons l'amour et la patrie ,   (bis.)
Le temps viendra nous rapprocher.

Partons, l'honneur nous accompagne,
Ne manquons pas à nos serments ;
Chacun joindra sa compagne
Et fera finir ses tourments.
Nous allons revoir la prairie ,
Notre mère et le vieux clocher.
          Chantons , etc.

Amis , patience et courage ,
L'artisan aura ses beaux jours ;
On perd son bien dans un naufrage ;
Le vrai talent reste toujours.
Propagateurs de l'industrie ,
Avec le siècle il faut marcher.
          Chantons , etc.

Le plus beau pays , c'est la France ;
Les étrangers en sont jaloux.
Partons , guidés par l'espérance ;
Le Dieu du peuple est avec nous.
Pour les absents , là-bas on prie ;
De doux nœuds vont nous attacher.

Chantons l'amour et la patrie ,   (bis.)
Le temps viendra nous rapprocher.

La croix du brave.

Ah ! ne pleurez pas davantage ,
Ma mère , c'est trop m'attrister;
Laissez-moi du moins le courage
Qu'il faut avoir pour vous quitter.
Mère , bientôt sur ma poitrine ,
La croix du brave brillera.
D'honneur comme mon cœur battra !
Ah ! ne soyez donc plus chagrine ,   (bis.)
Mère , votre fils reviendra.

Bientôt après , couvert de gloire ,
Un soldat blessé , mais vainqueur,
Reçut au champ de la victoire
L'étoile signe de l'honneur.
Mais soudain , ô douleur amère !
Sentant approcher son trépas ,
A ses amis il dit : Hélas !
Portez cette croix à ma mère ,   (bis.)
Son fils ne la reverra pas.

L'un d'eux a compris sa prière
Hélas ! comme son cœur battit ,
En approchant de la chaumière
Dont le pauvre soldat partit !
En tremblant il frappe à la porte :
Une vieille , aux traits amaigris ,
Se présente et jette des cris.
Elle a vu la croix qu'on apporte ,   (bis.)
Et meurt en appelant son fils.

Imp. de H. Godbert, à Laval.

L'ECHO PARISIEN

CHOIX DE ROMANCES
ET CHANSONS NOUVELLES

Chantées par REGNIER.

L'OUVRIER.

Enfant du peuple, on me dit : Prends les armes !
Assez longtemps nous avons su souffrir ;
Jette avec nous le trouble et les alarmes ;
Puisqu'on nous trompe, il faut vaincre ou mourir.
Je repondis : Ailleurs je fraternise ;
L'ordre avant tout ; je sais vivre de peu ;
Simple ouvrier, l'honneur est ma devise, }
J'ai confiance en mon pays et Dieu   } *Bis.*

D'autres m'ont dit : Tu veux un sort prospére ;
Par ton travail ne crois pas l'obtenir.
Ton peu d'argent, l'humble champ de ton pére,
A nous aussi doivent appartenir.
J'ai répondu : Honte à votre paresse.
Vous qui n'avez jamais ni feu ni lieu !
Jeune ouvrier, je songe à ma vieillesse, }
La prévoyance est un ordre de Dieu.   } *Bis.*

On dit enfin qu'à mon foyer modeste
Je ne dois plus espérer de bonheur :
Que ma compagne et l'enfant qui me reste
N'ont aucun droit maintenant sur mon cœur.
A ma famille, à mon bonheur suprême,
Si vous touchez, cette fois je fais feu !
Pauvre ouvrier, c'est là tout ce que j'aime : }
Pour me l'ôter je ne connais que Dieu.   } *Bis.*

LE SOLDAT DE LA LOIRE.

Doux souvenirs de mon pauvre village,
Hélas ! qu'êtes-vous devenus ?
Plaisirs qui charmiez mon jeune âge,
Adieu je ne vous verrai plus.

    Du haut d'une montagne,
    Deux pauvres grenadiers
    Comtemplant la campagne
    Qu'ils avaient sous leurs pieds.
    Jean, nettoyant ses armes,
    Tout pensif écoutait ;
    Robert, couvert de larmes,
    Tristement répétait :
Doux souvenirs, etc,

    Quelle est cette musette
    Et ces bons paysans ?
    Est-ce un jour de fête
    Qu'on chômait tous les ans ?
    Et cette mariée,
    Que j'aperçois là-bas !
    Ciel ! c'est ma fiancée !
    Louise ne m'attend pas!
Doux souvenirs, etc.

    Au loin, dans la poussière,
    Qu'aperçois-je ! ô mon Dieu !
    Notre pauvre chaumière
    Détruite par le feu
    Vois cette croix de pierre,
    Malheur trop inouï,
    C'est celle de mon père !
    Ami, prions pour lui.
Doux souvenirs, etc.

    Le soldat de la Loire
    Aime encor l'Empereur.

Nous partagions sa gloire,
Partageons ses malheurs.
La fortune cruelle
A trahi sa vertu ;
Sainte-Hélène t'appelle ;
Soldat, hésites-tu ?
Doux souvenirs, etc.

L'AIMABLE OUVRIER VOYAGEUR.

Ainsi qu'un papillon volage,
L'aimable ouvrier voyage,
Toujours galant dans son langage,
Sait voltiger de fleur en fleur.
Beauté, dont l'âme est attendrie,
Prends garde, il saura te toucher.

Chantons l'amour et la patrie,   *bis.*
Le temps viendra nous rapprocher.

Partons, l'honneur nous accompagne,
Ne manquons pas à nos serments ;
Chacun joindra sa compagne
Et fera finir ses tourmens.
Nous allons revoir la prairie,
Notre mère et le vieux clocher.
        Chantons, etc.

Amis, patience et courage,
L'artisan aura ses beaux jours ;
On perd son bien dans un naufrage ;
Le vrai talent reste toujours.
Propagateurs de l'industrie,
Avec le siècle il faut marcher.
        Chantons, etc,

Le plus beau pays, c'est la France ;
Les étrangers en sont jaloux.
Partons, guidés par l'espérance ;
Le Dieu du peuple est avec nous.

Pour les absents, là-bas on prie ;
De doux nœuds vont nous attacher.

Chantons l'amour et la patrie,   *bis.*
Le temps viendra nous rapprocher.

LA CROIX DU BRAVE.

Ah! ne pleurez pas davantage,
Ma mère, c'est trop m'attrister ;
Laissez-moi du moins le courage
Qu'il faut avoir pour vous quitter.
Mère, bientôt, sur ma poitrine,
La croix du brave brillera.
D'honneur comme mon cœur battra !
Ah ! ne soyez donc plus chagrine, *bis.*
Mère, votre fils reviendra.

Bientôt après, couvert de gloire,
Un soldat blessé, mais vainqueur,
Reçut au champ de la victoire
L'étoile, signe de l'honneur.
Mais soudain, ô douleur amère !
Sentant approcher son trépas,
A ses amis il dit : Hélas !
Portez cette croix à ma mère, *bis.*
Son fils ne la reverra pas.

L'un d'eux a compris sa prière.
Hélas ! comme son cœur battit,
En approchant de la chaumière
Dont le pauvre soldat partit !
En tremblant il frappe à la porte.
Une veille, aux traits amaigris,
Se présente, et jette des cris.
Elle a vu la croix qu'on apporte, *bis.*
Et meurt en appelant son fils.

Le Mans. — Imp. de Julien, Lanier et C.

EMBRASSONS-NOUS POUR LA DERNIÈRE FOIS.

ROMANCE. Paroles de J.-A. SÉNÉCHAL.

Air de *Vive Paris*, ou du *Retour en France.*

Eh quoi ! tu pars, tu délaisses Héloïse,
Qui t'adorait, qui t'aimait tendrement ;
A ton amour je fus toujours soumise ;
Rappelle-toi de ton premier serment.
Ne m'as-tu pas juré d'être fidèle ?
T'ai-je trahi en vivant sous tes lois ?
Puisque c'est toi qui me fuis, infidèle,   (*bis.*)
Embrassons-nous pour la dernière fois.

Rappelle-toi qu'aux pieds de cette vierge,
Agenouillée, j'implorais le Sauveur,
Lorsque priant tu fis brûler un cierge,
En demandant à Dieu le vrai bonheur.
Je te croyais ; mais, hélas ! ô mensonge !
Tous tes serments étaient faux, je le vois,
Puisque je fus bien plus heureuse en songe,
Embrassons-nous pour la dernière fois.

Rappelle-toi que Dieu seul est le maître,
Et que sans lui, non. rien n'est triomphant ;
Sans son aveu tu n'aurais pas vu naître
Ce gage heureux, mon trésor, mon enfant.
Oh ! je le sais, te rappelant ses charmes,
Tu souffriras, oh oui ! plus d'une fois.
Eh quoi ! tes yeux se remplissent de larmes ?
Embrassons-nous, pour la dernière fois,

Alfred, adieu ! adieu ! c'est pour la vie.
Puisque ici-bas je n'ai plus qu'à souffrir,
Reprends l'anneau qui comblait mon envie
Pour effacer ce triste souvenir.
Non, je ne puis te reprendre ce gage
Qui fut béni devant ta mère et Dieu.
Bonne Héloïse, ah ! je serai plus sage,
Restons unis et soyons plus heureux.

DOIS-JE L'OUBLIER ?

Mon Dieu je t'en supplie,
Protège mes amours !
Il faut que je l'oublie :
Je l'aimerai toujours.
   Oh ! oui, je l'aime
   Plus que moi-même ;
Elle est la vertu même.
   De mon amour
   Serai-je un jour
Bien payé de retour ?

De lui rester fidèle
Je m'impose la loi ;
Je ne vis que pour elle,
Et lui promets ma foi
   Oui, sur mon âme,
   Je le proclame.
Elle est la seule femme
   Qui peut d'amour
   M'offrir un jour
Un bonheur sans retour !

Quoi ! tu crains, jeune fille,
Les reproches un jour.
Pour plaire à ta famille,
Tu veux fuir mon amour ? . . .
   Va, l'opulence,
   Sans la constance.
Ne fait point l'existence.
   C'est dans un cœur
   Consolateur
Qu'on trouve le bonheur.

Si de toi je dois être
Séparé pour toujours,
De vifs regrets, peut-être,
Noirciront nos beaux jours
   Oh ! sois heureuse,
   Sois vertueuse,

Et mon âme envieuse
Dira toujours :
Adieu ! beaux jours
Des premières amours !

LA COLÈRE D'UN PORTIER.

Dis-moi cancannière
Que prétends-tu faire,
Sur chaq' locataire
Tu n' fais que d' jaser.
C'est abominable
Vingt fois detestable !
Je crois q' par le Diable,
Tu est possédée.

REFRAIN.

Tir', tir', tir' la ficelle,
Entends-tu frapper le marteau
N'est pas trop tôt ;
Ouv' le guichet. prend ta chandelle,
Car il est de notre devoir
D'apercevoir.
Tir', tir' tir' tir' tir' tir' tir' la ficelle,
Sans façon
Jeanne on,
Tir' le cordon.

Par ton bavardage,
Toujours on m'outrage
Et l'on déménage
Souvent sans payer.
J' crois qu'en vient la mode,
Je n' vois plus d' commode
Chez la f'seuse de mode ;
Qui payera l' loyer ?
Tir', etc.

Toujours chez Mélange,
Sans qu' ça n' te dérange
Tu boif et tu mange,
Notre saint frusquin ;
Vrai, c'est une outrance

J'en aurai vengeance,
Dans l' baquet d' science
J' te frai prendre un bain.
          Tir', etc.

LA LETTRE DE MORT.

Air : *Allez cueillir des bluets dans les blés.*

Elle n'est plus, celle que mon cœur aime,
Ah ! c'est un rêve, en croirai-je mes yeux ?
Lisons encore, lisons ; douleur extrême !
Elle a franchi le seuil mystérieux.
Toi qui m'écris, ne crains pas que j'oublie
Que ton message est un culte précieux.
Ah ! prions Dieu de la rendre à la vie,
Car je lui dois de doux baisers d'adieu.

J'étais bien loin, quand sa morne prunelle
En me cherchant se voila pour toujours.
Faut-il mourir quand on est jeune et belle !
Serment d'aimer promet de si beaux jours !
A mon bonheur portiez-vous donc envie,
Dieu, qu'aussitôt la rappelez aux cieux ?
Ah ! rendez-la pour une heure à la vie,
Car je lui dois de doux baisers d'adieu.

Le dernier mot qu'étouffa l'agonie,
Ce fut mon nom. Ah ! qu'elle dut souffrir !
A son chevet pas une voix amie
Ne vint lui dire : Espére ; il peut venir.
Comme une fleur sur sa tige flétrie,
Elle courba son front silencieux.
          Ah ! rendez-la, etc.

Il est donc vrai qu'ici-bas tout succombe,
Que le néant fait notre bien commun ;
Que, nous traînant des langes à la tombe,
Que le destin fait une place à chacun,
Vous que l'on dit la clémence infinie,
Mon Dieu, soyez miséricordieux.
          Ah ! rendez-la, etc.

Le Mans. — Imp. de Julien, Lanier et C.

L'ECHO PARISIEN

CHOIX DE ROMANCES

ET CHANSONS NOUVELLES

Chantées par REGNIER.

LE CHERCHEUR D'OR.

SOUVENIR DE LA CALIFORNIE. 1848.

Air de *Jenny l'ouvrière*.

Tu veux quitter ta patrie et ta mére
Pour la richesse ; un vain mot d'ici-bas ;
Crois ton amie et sa douleur amére,
Qui semble dire : Il ne reviendra pas ;
Car la fortune est souvent éphémère,
Elle s'enfuit et donne le trépas.

REFRAIN.

Reste avec nous ; Dieu de sa main bénie
    Protége encor
    Notre heureux sort ;
Dans les déserts de la Californie
    Tu peux trouver la mort,
    Va, pauvre chercheur d'or.

Dans le placer ou l'ambition guide
Le malheureux qui brave le destin,
De s'enrichir, oh ! comme il est avide !
Plus de sommeil : l'or a touché sa main :
De joie, hélas ! sa paupiére est humide,
L'orsqu'il se meurt de fatigue et de faim ;
    Reste avec nous, etc.

Rappelle-toi Nabogame et ses mines,
Plus pleines d'or que le Sacramento ;
Que de mineurs tombaient sur ses ruines
Frappés du fer par le Gambusino !
La zopilote aux serres assassines
Du dernier râle en étouffait l'écho.

    Reste avec nous, etc.

Malgré les pleurs, il quitta la chaumière
Où le chagrin est depuis son départ.
Deux mois après, courbe dans la poussière,
Il palpait l'or qui charmait son regard ;
Quand du frio l'atteinte meurtrière
Vint le saisir. Palpitant, l'œil hagard,
Il murmurait, dans sa lente agonie,

    Adieu trésor,
    Plus d'heureux sort,
Dans les déserts de la Californie
    Ils trouveront la mort,
    Les pauvres chercheurs d'or.

AIME-MOI BIEN.

Aime-moi bien, je t'en conjure,
Je n'ai plus toi que dans ton cœur ;
Le baume guérit la blessure,
Et l'amour guérit la douleur.
Laisse-moi l'espoir qui m'enivre,
Car c'est mon unique soutien ;
Mais, pour m'aider encore à vivre,
Aime-moi bien, aime moi bien.   (bis).

Aimé-moi bien ; oh ! ma chérie,
Et pour payer tout ton amour,
Je te consacrerai ma vie
Et mes pensées de chaque jour :
Je t'aimerai comme ma mère,
Et ton nom à côté du sien
Sera placé dans ma prière ;
Aime-moi bien, aime-moi-bien.   (bis).

Aime-moi bien. car dans ce monde,
Il ne me reste, tu le sais,
Ni mère, ni sœur qui réponde
Par une larme à mes regrets.
Gloire, avenir, amis, famille,
Pauvre exilé... je n'ai plus rien
Que ton amour, ô jeune fille !
Aime-moi bien, aime-moi bien.   (bis).

Je t'aimerai comme l'abeille
Aime la fleur où gît son miel ;
Comme l'oiseau, l'aube vermeille ;
Comme l'etoile aime le ciel.
Je t'aimerai, ma toute pure,
Comme ton bon ange gardien ;
Mais, à ton tour, je t'en conjure,
Aime-moi bien, aime-moi-bien.   (bis.)

LES FEUILLES MORTES.

MÉLODIE.

Mes jours sont condamnés,
Je vais quitter la terre ;
Il faut vous dire adieu
Sans espoir de retour.
Vous qui pleurez, hélas !
Bel ange tutélaire,
Laissez tomber sur moi
Vos doux regards d'amour ;
Du céleste séjour
Entr'ouvez-moi les portes,
Et du maître éternel
Pour adoucir la loi.

    Refrain :

Quand vous verrez tomber,
Tomber les feuilles mortes,

Si vous m'avez aimé,   (quater)
  Vous prierez Dieu pour moi.   (bis)

Oui, le premier printemps
Va fleurir sur ma tombe ;

Oui, ce jour qui m'éclaire
Est mon dernier soleil.
Et des arbres jaunis
Chaque feuille qui tombe
Me montre du trépas
Le lugubre appareil ;
Oui, des oiseaux du ciel
Les légères cohortes
Chanteront dans les airs
Sans causer mon effroi.
    Quand vous verrez, etc.

Sans vous, sans votre amour
Je quitterais la vie
Sans rien regretter,
Comme un séjour de deuil.
Aux chagrins, aux revers
Ma jeunessse asservie
Voit la mort comme un phare,
Et non comme un écueil,
Mais j'ai par vos doux soins
Des douleurs les plus fortes
Bravé les traits cruels
Sans trouble et sans effroi.
    Quand vous verrez, etc

Le Mans. — Imp. de Julien, Lanier et C.

L'ÉCHO PARISIEN

choix de

ROMANCES ET CHANSONS

NOUVELLES

L'amour du Roi.

ROMANCE.

Si tu voulais, ange pur, suave,
Pour te cacher loin des regards jaloux,
De souverain je me ferais esclave
Et je voudrais t'adorer à genoux ;
Si tu voulais du tourment qui m'agite,
Faire un bonheur en me donnant ta foi,
Pour ton amour, ma blanche Marguerite,
Je donnerais ma couronne de roi.   (bis.)

Si tu voulais de ton regard si tendre,
Rayon d'azur et de feux inconnus,
Beauté du ciel, oui, tu pourrais m'apprendre
Tout le bonheur que Dieu donne aux élus ;
Si tu voulais du tourment qui m'agite

1856

Faire un bonheur en me donnant ta foi,
Pour ton amour, ma blanche Marguerite,
Je donnerais ma couronne de roi.   (bis.)

Mais tu souris, c'est le ciel qui rayonne,
C'est le bonheur qui renaît sur mes jours.
A moi ton cœur, c'est Dieu qui me le donne ;
A toi ma vie et mon âme pour toujours.
Non, désormais, ma blanche Marguerite,
Plus de douleurs, je veux auprès de toi
Mettre à tes pieds tout l'amour qui m'agite..
Et sur ton front ma couronne de roi.   (bis)

Mon âme à Dieu, mon cœur à toi!

ROMANCE.

La voile est à la grande hune,
Disait un Breton à genoux...
Je pars pour chercher la fortune
Qui ne veux pas venir à nous.
Je reviendrai bientôt, j'espère ;
Sèche tes yeux, prie, attends-moi...
En te quittant, ma bonne mère,
Mon âme à Dieu! mon cœur à toi!
En te quittant, ma bonne mère,
Mon âme à Dieu! mon âme à Dieu! mon cœur à toi!

Pour rendre le sort favorable,
Chantaient les marins à loisir :
Il faut vendre son âme au diable
Et donner son cœur au plaisir!
Mais lui, songeant à sa chaumière,
Plein de tendresse et plein de foi,
Il répétait : Ma bonne mère!
Mon âme à Dieu! mon cœur à toi!
Il répétait : Ma bonne mère!
Mon âme à Dieu! mon âme à Dieu! mon cœur à toi!

Errant de rivage en rivage,
Enfin, il amasse un trésor ;
Et puis il retourne au village.
C'est pour sa mère tout son or.

Mais il lit ces mots sur la pierre :
Je pars aussi; mon fils, pleins-moi;
Et dans le ciel comme sur la terre
Mon âme à Dieu! mon cœur à toi!
Oui, dans le ciel comme sur la terre
Mon âme à Dieu! mon âme à Dieu! mon cœur à toi!

Le petit Ramonneur.

ROMANCE.

Lorsque l'hiver jaunit nos prés fleuris,
J'embrasse et quitte une mère adorée
Qui pleure et prie la Vierge vénérée
Pour son enfant au milieu de Paris.
J'offre au partant le bras. Qu'on encourage
Par quelques sous, quelques morceaux de pain.
Mais, par malheur, si je manque d'ouvrage,
En rougissant, le soir je tends la main.   (bis)

    Jolis enfants, riches mamans,
    Ayez pitié de ma misère,
    Au loin, au loin, ma pauvre mère
    Attend le pain de ma noire sueur.
    Donnez, donnez au petit ramonneur.   (bis)

Pourquoi me fuir, enfants si bien vêtus?
Pourquoi cacher vos jeux à mon approche?
Ne craignez rien, mon cœur est sans reproche;
Sous les haillons se cache la vertu.
Peut-être un jour la fortune inconstante
Vous quittera sans espoir de retour;
Moi, plus heureux, dans ma joie énivrante,
Je pourrai faire une aumône à mon tour.   (bis)
    Jolis enfants, etc.

Chère beauté que le plaisir conduit
Dans cet hôtel où l'opulence brille,
Je vous tends la main caressante et gentille,
Laissez tomber une aumône sans bruit.
Dieu vous rendra tout le bien que vous faites,
Et veillera sur vos chastes amours.
La charité est une œuvre parfaite,
Et l'avenir vous promet d'heureux jours.   (bis)
    Jolis enfants, etc.

Le vent me gèle et le froid double encore ;
La neige tombe et me fouette au visage,
Quand, ici-bas, chacun me dit : courage,
Car, chaque jour, s'augmente mon trésor,
De Dieu j'implore une saison plus belle.
Quand le chemin s'ouvrira sous mes yeux,
Je partirai quand viendra l'hirondelle,
Mon pauvre cœur bondira plus joyeux.   (bis.)
          Jolis enfants, etc.

Le Paysan.

Au paysan, le bon Dieu donne
Les blés aux riches épis d'or,
Les grappes que murit l'automne,
La terre est son fécond trésor ;
C'est dans son sein que, sans relâche,
Prodigue, il sème à pleine main ;
Aussi, plus tard, il en arrache
De quoi nourrir le genre humain.

     Paysan, la nuit s'achève,
     L'alouette va s'éveiller ;
     Avant que l'aube se lève,
     Aux champs, il te faut travailler.
Vite à la charrue ..—Les grands bœufs, voici le sillon !
Hue ! hu-hue ! — Marchez, ou gare l'aiguillon !

Comme chaque saison amène,
Avec elle un travail nouveau ;
Que le vent souffle dans la plaine,
Le paysan tient son hoyau.
Sous sa grossière limousine,
Vers la terre on le voit baissé ;
Il fait la guerre à la famine,
En défrichant le sol gercé. Paysan, la nuit, etc.

Garde-toi d'envier la ville,
Où chacun veille quand tu dors ;
Demeure en ton séjour tranquille,
Où tu vis calme et sans remords.
Au paysan les toits de chaume,
Les vendanges et les moissons,
Les fleurs dont la terre s'embaume,
Le joyeux rire et les chansons. Paysan, la nuit, etc.

La Gerbaude.

Venez, fillettes et garçons,   (bis.)
  La gerbaude est faite,
  C'est la grande fête ;
A nous la danse et les chansons,   (bis)
Le ciel, le ciel a béni nos moissons ;
  Rions, chantons, dansons, dansons.

Saluez, enfants du village,
C'est la gerbaude aux épis d'or ;
De l'abondance, heureuse image,
Pour le pays, c'est un trésor.
C'est pour chacun un peu de joie,
Pour le pauvre, un baume aux douleurs ;
Pour le bon Dieu, qui nous l'envoie,
C'est le bouquet des moissonneurs !
      Ah ! ah !
  Venez, fillettes, etc.

A la sueur de son visage
Tout homme doit gagner son pain ;
Mais parmi ceux qui font l'ouvrage,
Combien peu récoltent le grain !
Vous que la fortune caresse,
Faites du moins quelques heureux,
Car le ciel a, dans sa richesse,
Compris la part du malheureux.
      Ah ! ah !
  Venez, fillettes, etc.

Allons, farauds de la contrée,
Braves filles aux jolis yeux,
Entendez-vous, c'est la bourrée
C'est l'appel du cornemuseux.
Qu'à se placer chacun soit preste,
Faisons sauter, sans plus d'apprêts,
L'humble sarreau, la riche veste,
Les bijoux d'or et les bluets.
      Ah ! ah !
  Venez, fillettes, etc.

Le Vigneron.

Je suis le plus gros vigneron
De la haute et basse Bourgogne ;
Comme un gros fût mon ventre est rond,
Ma femme est la mère Gigogne.
Nous sommes à nos douze enfants,
Tous gros, joufflus, tous bien portants,
Aussi nous chantons tous à l'unisson,

Bonum vinum,
Lætifical cor hominum....

C'est la chanson du vigneron ;
Au glou glou, glou glou du flacon,
C'est la chanson du vigneron.

(ter).

Je ne sais ni grec ni latin, A quoi bon nous sert la
science ? Je sais le goût de chaque vin, De l'Allemagne
et de la France. J'aime mieux, robuste et rougeaud,
Dire, en l'honneur du Clos-Vougeot,
Ce bon vieux refrain,
Que l'on dit latin :

Bonum vinum, etc.

Je n'aime pas votre Paris ; Un jour, dans cette four-
millière, J'envoyai l'aîné de mes fils, Avec cent fûts
Beaune première ; Vos Parisiens m'ont, dans Paris,
Gâté mon vin, perdu mon fils ;

Mais j'espère un jour,
Dire à son retour ;

Bonum vinum, etc.

Vers le patriarche Noé, Dont la gloire me fait envie,
J'irai certain de sa bonté Rendre compte à Dieu de ma
vie. Puis des amis buvant mon vin, Se souvenant de
mon refrain,
Tous en mon honneur,
Chanteront en chœur :

Bonum vinum
Lætifical cor hominum...

C'est la chanson du vigneron :
Au glou glou, glou glou du flacon,
C'est la chanson du vigneron.

(ter).

Le Louvetier.

Gais louvetiers! c'est jour de fête !
C'est grande chasse en la forêt ;
Bientôt, nos chiens seront en quête...
Allons, partons, car tout est prêt.   } bis.
Partons ! pif ! paf ! c'est jour de fête,
Pif ! paf ! gare à nos coups.
Tayau ! tayau ! gare à la bête,
    À nous les loups!

Je suis grand louvetier du roi,
Et passe maître en vénerie ;
Jamais un loup n'a, devant moi,
Fait un pas sans perdre la vie!
Aussi, dès l'aube, au rendez-vous,
Je suis à la fontaine aux loups,
Sonnant et chantant. — Au loin répétant :
    Harloup ! v'la-ô (bis.)   Gais louvetiers, etc.

Voici mon histoire en deux mots :
Dans les forêts de nos Ardennes,
J'étais un lieur de fagots,
Pauvre d'argent, riche de peine...
Mais quand j'apercevais un loup,
Il était mort du premier coup ;
J'ai fait même un jour, — Coup double à mon tour.
    Harloup ! v'la-ô!   Gais louvetiers, etc.

Un jour, me voyant en forêt,
Le roi me dit : « Viens à Versailles. »
« Sire, hélas! lui dis-je à regret,
» Là-bas, vous n'avez que des cailles...
» Sire, à Versailles, y songez-vous?
» Toujours des cerfs, jamais de loups ;
» Jamais de danger! — » Ni d'homme à venger. »
    Harloup ! v'la-ô!   Gais louvetiers, etc.

« Soit, je te fais grand louvetier ! »
Me dit le roi. « Par tes prouesses,
Sache ennoblir ton beau métier,

» Tu peux compter sur mes largesses... »
En apprenant ça, de plaisir,
Ma pauvre mère pensa mourir !..,
Depuis ce jour-là, — Je chante oui-dà :
    Harloup, v'la-û !   Gais louvetiers, etc.

Si les Fleurs parlaient.

Sur ce chemin, pauvre belle égarée,
Qui t'a jetée ou t'oublia, dis-moi?
Petite fleur, faite pour être aimée,
Qui t'a cueillie et ne veut plus de toi?
De ton destin, je cherche en vain les causes,
Rien ne m'éclaire, hélas! rien et tu meurs!...
En vérité, l'on saurait bien des choses,
Si le bon Dieu faisait parler les fleurs;
En vérité, l'on saurait bien des choses,
Si le bon Dieu (*bis*) faisait parler les fleurs.

Vierge des prés, j'aime une blonde fille
Au regard pur comme ton front vermeil;
C'est elle, oh! dis, pâquerette gentille,
Qui ce matin a troublé ton sommeil!
Pour se parer, ses mains blanches et roses
T'ont, n'est-ce pas, enlevée à tes sœurs? En vérité, etc.

Si c'était elle, ô ma chère petite,
Dans ses cheveux tu brillerais encor,
Et puis à l'heure où le soir on se quitte,
Tu deviendrais mon bien-aimé trésor.
Mais ce ruban, sur lequel tu reposes,
Vient d'éveiller mes jalouses terreurs.... En vérité, etc.

Mais voici Berthe, et son joyeux sourire
Me rend la foi prête à m'abandonner;
Petite fleur, garde-toi de lui dire
Ce qu'en tremblant j'ai pu te demander.
Mais qu'ai-je à craindre? ah! le ciel eut ses causes
En vous privant de sons révélateurs... En vérité, etc.

Nantes, imp. F. Masseaux et Bourgeois.

Le Nid Charmant.

Du nid charmant caché sous la feuillée,
Cruel petit lutin à la mine éveillée,
Du nid charmant caché sous la feuillée,
Hélas ! pourquoi faire ainsi le tourment ?
Refrain. Ce nid, ce doux mystère,
    Que vous guettez d'en-bas,
    C'est l'espoir du printemps,
    C'est l'amour d'une mère,
    Enfants, n'y touchez pas.   (*bis.*)

Qui chantera Dieu, la brise et les roses,
Méchants, si vous tuez ces jeunes voix écloses ?
Qui chantera Dieu, la brise et les roses,
Autour de vous, tout s'en attristera.

Dieu seul a droit sur tout ce qui respire,
Ne pouvant rien créer, il ne faut rien détruire.
Dieu seul a droit sur tout ce qui respire,
Beaux maraudeurs, prenez garde, il vous voit.

Laissez, laissez, les épis à leur tige,
A l'air, qu'il réjouit, l'insecte qui voltige.
Laissez, laissez, les épis à leur tige ;
Et les fleurs à nos bois, et l'épine aux buissons.

Le Masque de Fer.

Sous ce masque de fer, hélas ! prison infâme,
Nul ne peut m'approcher, leur frayeur le défend !
Que je serais ému des accents d'une femme !
Que je serais heureux de la voix d'un enfant.

Refrain.
Mais je suis toujours seul, avec ma peine amère,
Moi, de pas un ami je n'attends le retour ;
Moi, je n'ai pas connu les baisers d'une mère,
Et pour elle, ô mon Dieu ! j'aurais eu tant d'amour.

Le jour s'enfuit au loin et l'étoile rayonne,
La cloche tout là-bas, encore vient de gémir,
De diamants la nuit parsème sa couronne,
Que je serais heureux, si je pouvais dormir !

Plus de soleil pour moi, tant mon âme est émue!
Oh! mon Dieu, par pitié, daigne me secourir!
Toi seul est grand, rends-moi mon ciel, douce patrie;
Que je serais heureux, si je pouvais mourir!

Les défauts de Jeannette.

Y penses-tu? me dit ma mère:
Ta Jeannette n'a pas seize ans!
A peine elle a paru sur terre;
Attends un peu, mon fils, attends!
Cette enfant que ton cœur adore
Un an ne la vieillira pas;
Hélas! elle est trop jeune encore!
Dans un an tu l'épouseras.

— Trop jeune, vraiment? — Je ne sais pas comment
Ce défaut peut déplaire?
Ma mère dira ce qu'elle voudra,
J'épouserai Jeannette avec ce défaut-là.

Y penses-tu? me dit ma mère:
Celle dont ton cœur est épris,
C'est la plus brillante héritière
Et du village et du pays!
Tu n'as, toi, de richesse aucune;
Ma chaumière voilà ton bien;
Ta Jeannette a trop de fortune,
Elle est trop riche, entends-tu bien! —Trop riche, etc.

Y penses-tu? me dit ma mère:
Elle est trop belle, en vérité;
Du soleil même la lumière
N'a pas l'éclat de sa beauté!
Pour épouse, femme gentille
Te conviendrait bien mieux, mon fils;
Oui, de trop d'éclat elle brille,
Elle est trop belle, à mon avis. — Trop belle, etc.

L'OEIL.

Faut ouvrir l'œil quand on fait quelque chose,
Tôt on croit qu'il s'agit d'ouvrir l'œil;
De la beauté veut-on cueillir la rose,
Voilà l'instant qu'il faudrait avoir l'œil.
Recherche-t-on quelqu'une en mariage,
Sur ses défauts il faudrait avoir l'œil;
Pourtant il faut quand l'on est en ménage
Souvent même fermer l'œil.   (bis.)

Un seul coup-d'œil fait naître bien des choses,
Tôt on flatte par le moindre coup-d'œil.
Par un coup-d'œil on obtient maintes choses,
On trouve enfin crédit par un coup-d'œil.
Quand nous n'aurons plus la moindre ressource,
De nos chagrins loin de porter le deuil,
Si le métal déserte notre bourse,
Nous viendrons boire à l'œil.   (bis.)

Le borgne enfin dans sa triste misère,
Pour se conduire a besoin d'ouvrir l'œil;
Et quand la mort termine sa carrière,
Il n'a besoin que de fermer un œil.
Le pauvre aveugle, privé de la lumière
Messieurs et dames, il n'a donc pas d'orgueil;
Il donnerait tout pour voir périr son père,
S'il lui restait un œil.   (bis)

De ma censure je crains peu la critique,
De ses auteurs je nargue les effets;
D'un intrigant je crains la politique,
D'un homme humain je chante les bienfaits;
Si ma chanson peut vous prêter un rire,
Je vous promets quelque nouveau recueil.
Si contre moi vous armez la satyre,
Ne me montrez pas à l'œil.   (bis.)

La Colombe du Soldat.

Depuis le jour où je quittai la France,
J'ai bien souvent, pour mon noble drapeau,
Versé mon sang et perdu l'espérance
De voir encore mon paisible hameau.
Triste et souffrant, j'entrevoyais la tombe,
Lorsque du ciel, vers moi, tous les matins,
Dieu t'envoya, ma charmante colombe,
Pour m'écouter, adoucir mes chagrins.   (bis.)

Mais si tu pars, ma colombe chérie,
Et du pays si tu peux revenir,
Rapporte-moi, du pays, je t'en prie,
Rien qu'une feuille, un mot, un souvenir.   (bis.)

Vois-tu là-bas passer ce beau nuage,
Ah ! s'il pouvait m'emporter aujourd'hui ;
Je le sens là, moi, j'aurais le courage
De retourner au pays avec lui..
Mais quand l'honneur ici, m'enchaîne encore,
Dois-je songer à revoir mes amours!
Dois-je faiblir devant le fer du maure!
Non ! mais à toi je peux dire toujours :   (bis.)
      Ah! si tu pars, etc.

Mais du canon annonçant la bataille,
Le bruit enfin vient ranimer nos cœurs.
Je puis mourir en bravant la mitraille,
Ou mériter un gage de valeur.
Oui, cette croix, pour laquelle on soupire,
De tout mon sang je voudrais l'acheter ;
Oui, pour ma mère, ici je la désire,
Et sans rougir, je pourrais la porter.   (bis.)

Mais si je meurs, pars, colombe chérie,
Et du pays si tu peux revenir,
Sur le tombeau de l'ami qui t'en prie,
Rapporte un jour des fleurs en souvenir.   (bis.)

Nante, imp. F. Masseaux et Bourgeois.

L'ÉCHO PARISIEN

choix de

ROMANCES ET CHANSONS

NOUVELLES

Chantées par Jean PIVERT.

Réponse à l'amour d'un Roi.

ROMANCE.

Mais pourquoi donc vouloir de Marguerite
Ceindre le front d'un bandeau de rubis
Pour la flétrir du nom de favorite,
Ah ! laisse-lui ses vertus et leur prix.
Aimer un roi, c'est devenir esclave,
D'un pur amour, c'est entacher sa foi ;
Respecte au moins le bel ange suave
Que souillerait ta couronne de roi.   } bis.

Sur ton blason, va, si l'or étincelle,
Sur son beau front resplendit la candeur ;
Jamais l'argent dans sa pauvre escarcelle
Ne vint s'enfouir avec le déshonneur.
Ne ternis pas l'éclat dont elle brille,

Ah ! laisse-lui les douceurs de la foi ;
Respecte au moins l'honnête jeune fille
Que souillerait ta couronne de roi.

A tes parfums, trésors de l'Arabie,
Elle préfère une rose des champs,
Un doux baiser de sa mère chérie,
Le souvenir de ses jeux innocents.
Ne ternis pas l'éclat dont elle brille,
Ah ! laisse-lui les douceurs de la foi ;
Respecte au moins l'honnête jeune fille
Que souillerait ta couronne de roi.

Mon âme à Dieu, mon cœur à toi !

ROMANCE.

La voile est à la grande hune,
Disait un Breton à genoux...
Je pars pour chercher la fortune
Qui ne veux pas venir à nous.
Je reviendrai bientôt, j'espère ;
Sèche tes yeux, prie, attends-moi...
En te quittant, ma bonne mère,
Mon âme à Dieu ! mon cœur à toi !
En te quittant, ma bonne mère,
Mon âme à Dieu ! mon âme à Dieu ! mon cœur à toi !

Pour rendre le sort favorable,
Chantaient les marins à loisir,
Il faut vendre son âme au diable
Et donner son cœur au plaisir !
Mais lui, songeant à sa chaumière,
Plein de tendresse et plein de foi,
Il répétait : Ma bonne mère !
Mon âme à Dieu ! mon cœur à toi !
Il répétait : Ma bonne mère !
Mon âme à Dieu ! mon âme à Dieu ! mon cœur à toi !

Errant de rivage en rivage,
Enfin, il amasse un trésor ;
Et puis il retourne au village.
C'est pour sa mère tout son or.

Mais il lit ces mots sur la pierre :
Je pars aussi, mon fils, pleins-moi ;
Et dans le ciel comme sur la terre
Mon âme à Dieu ! mon cœur à toi !
Oui, dans le ciel comme sur la terre
Mon âme à Dieu ! mon âme à Dieu ! mon cœur à toi !

Le petit Ramonneur.

ROMANCE.

Lorsque l'hiver jaunit nos prés fleuris,
J'embrasse et quitte une mère adorée
Qui pleure et prie la Vierge vénérée
Pour son enfant au milieu de Paris.
J'offre au partant le bras. Qu'on encourage
Par quelques sous, quelques morceaux de pain.
Mais, par malheur, si je manque d'ouvrage,
En rougissant, le soir je tends la main.   (bis)

    Jolis enfants, riches mamans,
    Ayez pitié de ma misère,
    Au loin, au loin, ma pauvre mère
    Attend le pain de ma noire sueur.
    Donnez, donnez au petit ramonneur.   (bis)

Pourquoi me fuir, enfants si bien vêtus ?
Pourquoi cacher vos jeux à mon approche ?
Ne craignez rien, mon cœur est sans reproche ;
Sous les haillons se cache la vertu.
Peut-être un jour la fortune inconstante
Vous quittera sans espoir de retour ;
Moi, plus heureux, dans ma joie énivrante,
Je pourrai faire une aumône à mon tour.   (bis)
    Jolis enfants, etc.

Chère beauté que le plaisir conduit
Dans cet hôtel où l'opulence brille,
Je vous tends la main caressante et gentille,
Laissez tomber une aumône sans bruit.
Dieu vous rendra tout le bien que vous faites,
Et veillera sur vos chastes amours.
La charité est une œuvre parfaite,
Et l'avenir vous promet d'heureux jours.   (bis)
    Jolis enfants, etc.

Le vent me gèle et le froid double encore ;
La neige tombe et me fouette au visage,
Quand, ici-bas, chacun me dit courage,
Car, chaque jour, s'augmente mon trésor,
De Dieu j'implore une saison plus belle.
Quand le chemin s'ouvrira sous mes yeux,
Je partirai quand viendra l'hirondelle,
Mon pauvre cœur bondira plus joyeux. !(bis.)
   Jolis enfants, etc.

Un Amoureux.

CHANSONNETTE.

Berthe, rêveuse et palpitante,
Disait un soir, l'air soucieux :
— « Apprenez-moi, Rose, ma tante,
Ce que c'est donc qu'un amoureux? »
— « Un amoureux, mon petit ange,
C'est un esprit des plus méchants,
Homme et démon, qui guette et mange
Toutes les filles de quinze ans ! »
— Ah ! tante Rose, — pauvre tante Rose !
Dépasser le but, c'est manquer la chose.
    Oh ! la la ! Oh ! la la !
Pauvre tante Rose, qu'avez-vous fait là ? (bis.)

« Ciel ! j'en frémis dans tout mon être,
Reprit l'enfant, mais poursuivez ;
A quoi peut-on les reconnaître ?
Parlez, hélas!... vous qui savez !.... »   (bis
Au sombres feux de leur prunelle,
A leur laideur!!! oui, c'est constant,
Même il en est chez qui, ma belle,
Perce les cornes de satan !!!
    Ah ! tante, etc.

Merci, ma tante ! ajouta Berthe ;
Et que cet entretien m'est doux.,
Pour la charmante découverte
Que, grâce à Dieu, j'obtiens de vous,   (bis)
Car je pourrai, sans défiance,
Ecouter Jacques et ses aveux,
Puisqu'à présent j'ai l'assurance
Que ce n'est pas un amoureux !
    Ah ! tante, etc.

Le Mineur.

Pauvre Boiron belge, à trois cents pieds sous terre.
J'extrais le noir charbon qui doit sortir du puits;
A peine si du jour je connais la lumière,
Ma lampe est mon soleil, tous mes jours sont des nuits.
Quand l'heure du repos vient avec le dimanche,
Je monte aspirer l'air et sourire au ciel bleu.
En baisers paternels mon triste cœur s'épanche :
C'est ma manière à moi d'honorer le bon Dieu.

Que mon labeur pénible amène son salaire,
Que l'amour de mes fils me désire souvent,
Que je passe un seul jour près de leur tendre mère,
Et je ne maudis pas mon sépulcre vivant.
La richesse jamais n'excite mon envie:
Frugal et résigné, je suis content de peu :
J'espère en l'avenir d'une meilleure vie,
    C'est ma manière à moi, etc.

Mais des cris tout à coup sortent des voûtes sombres:
Au secours! un mineur vient d'être enseveli.
La muraille s'écroule, et nul, dans les décombres,
N'ose affronter la mort pour sauver un ami.
Hésiter est honteux, et fuir est misérable ;
A l'œuvre, et maudit soit qui déserte de ces lieux ;
Devoir doux à remplir : j'ai sauvé mon semblable.
    C'est ma manière à moi, etc.

Allez vous asseoir.

    Vous dont l'indulgence excuse
      Mes faibles chansons,
    De bon cœur ma pauvre muse
      Reçoit vos leçons:
    Mais vous qui, censeur sévère,
      Ne venez me voir
    Que pour me jeter la pierre,
      Allez vous asseoir!

Jeunes gens à tête folle,
   J'aime à préjuger
Que vos nombreuses écoles
   Ont pu vous changer.
Mais un nègre, quoiqu'il fasse,
   Reste toujours noir,
Et tout chien chasse de race.
   Allez vous asseoir !

Badauds qu'on voit sur nos places
   Debout tous les jours,
Applaudissant aux grimaces
   Des faiseurs de tours;
Pour rester longtemps injambes,
   Du matin au soir,
Ne restez pas sur vos jambes.
   Allez vous asseoir !

Au cirque, l'autre semaine,
   Un homme fort grand
M'empêchait de voir la scène,
   Monté sur un banc;
Je lui dis, piquant sa fesse
   Et le faisant choir:
J'ai payé pour voir la pièce,
   Allez vous asseoir !

Vous dont l'ardeur frénétique
   Courant les honneurs,
Du fauteuil académique,
   Brigue les faveurs ;
Renoncez, esprits frivoles,
   A ce noble espoir,
Et sur le banc des écoles
   Allez vous asseoir !

Bien des gens que la richesse
   Ne sait qu'éblouir,
Dans une éternelle ivresse
   Espèrent jouir;
Mais la mort, sur leur bougie,
   Pend l'éteignoir,
Leur dit, arrêtant l'orgie :
   Allez vous asseoir !

Le Roi des Pyrénées.

Je suis le roi, le roi des Pyrénées,
J'ai bâti ma demeure où l'aigle tient sa cour.
Si tu veux, belle enfant, suivre ma destinée,
Tu pourras en retour compter sur mon amour !

Nos chasseurs m'ont nommé démon du pic sauvage.
Belle enfant, pourquoi fuir à ce nom redouté?
Si je suis le plus fort, n'es-tu pas la plus sage?
Comme j'ai la valeur, n'as-tu pas la beauté ?   (bis)
     Je suis le roi, etc.

Tu n'auras qu'un chalet pour chambre nuptiale,
Où ne brilleront point la pourpre et la splendeur;
Mais ton cœur près de moi, ma rose virginale!
A défaut de trésor, trouvera le bonheur!   (bis)
     Je suis le roi, etc.

Viens embellir ma vie, ô ma douce colombe !
Et s'il me faut un jour te perdre ou te quitter,
Jusqu'aux portes du ciel j'élèverai la tombe,
Pour rendre l'Eternel témoin de notre amour ! (bis)
     Je suis le roi, etc.

La Colombe du Soldat.

Depuis le jour où je quittai la France,
J'ai bien souvent, pour mon noble drapeau,
Versé mon sang et perdu l'espérance
De voir encore mon paisible hameau.
Triste et souffrant, j'entrevoyais la tombe,
Lorsque du ciel, vers moi, tous les matins,
Dieu t'envoya, ma charmante colombe,
Pour m'écouter, adoucir mes chagrins,   (bis.)

Mais si tu pars, ma colombe chérie,
Et du pays si tu peux revenir,
Rapporte-moi, du pays, je t'en prie,
Rien qu'une feuille, un mot, un souvenir,   (bis.)

Vois-tu là-bas passer ce beau nuage,
Ah ! s'il pouvait m'emporter aujourd'hui;
Je le sens là, moi, j'aurais le courage
De retourner au pays avec lui..
Mais quand l'honneur ici, m'enchaîne encore,

Dois-je songer à revoir mes amours !
Dois-je faiblir devant le fer du maure !
Non ! mais à toi je peux dire toujours :   (bis.)
    Ah ! si tu pars, etc.

Mais du canon annonçant la bataille,
Le bruit enfin , vient ranimer nos cœurs .
Je puis mourir en bravant la mitraille,
Ou mériter un gage de valeur.
Oui, cette croix , pour laquelle on soupire,
De tout mon sang je voudrais l'acheter ;
Oui, pour ma mère, ici je la désire,
Et sans rougir, je pourrais la porter.   (bis.)

Mais si je meurs, pars, colombe chérie,
Et du pays si tu peux revenir,
Sur le tombeau de l'ami qui t'en prie ,
Rapporte un jour des fleurs en souvenir.   (bis.)

Petit Enfant.

Petit enfant, que j'ai l'âme attendrie,
Quand je te vois livrer au plaisir
Et follement chercher dans la prairie
Un papillon que tu ne peux saisir.
L'orage gronde et l'éclair fend la nue.
Revient bien vite, enfant, voici la nuit ;
La gaîté seule à ton âge est connue,
Tu vis heureux, reste toujours petit.

Petit enfant, tes couleurs sont vermeilles ;
Beau chérubin, j'aime tes yeux d'azur.
Bientôt les ans , les chagrins et les veilles
Viendront rider ton front si pur.
De tes exploits aux pages de l'histoire
Peut-être un jour verrai-je le récit ;
Mais le bonheur n'est pas tout dans la gloire :
O mon enfant ! reste toujours petit.

Que tes baisers, doux comme ceux d'un ange,
Me font du bien ! Enfant, n'aime que moi !
Pourquoi faut-il ici-bas que tout change ?.....
Pour l'avenir mon cœur est plein d'effroi :
Un autre amour occupant ta pensée,
Effacera le mien de ton esprit :
Ta mère, enfant, plus qu'une fiancée,
Te chérira : reste toujours petit.

Nantes, imp. F. Masseaux et Bourgeois.

L'ŒIL.

Faut ouvrir l'œil quand on fait quelque chose,
Tôt on croit qu'il s'agit d'ouvrir l'œil ;
De la beauté veut-on cueillir la rose,
Voilà l'instant qu'il faudrait avoir l'œil.
Recherche-t-on quelqu'une en mariage,
Sur ses défauts il faudrait avoir l'œil ;
Pourtant il faut quand l'on est en ménage
Souvent même fermer l'œil.   (bis.)

Un seul coup-d'œil fait naître bien des choses.
Tôt on flatte par le moindre coup-d'œil.
Par un coup-d'œil on obtient maintes choses,
On trouve enfin crédit par un coup-d'œil.
Quand nous n'aurons plus la moindre ressource,
De nos chagrins loin de porter le deuil,
Si le métal déserte notre bourse,
Nous viendrons boire à l'œil.   (bis.)

Le borgne enfin dans sa triste misère,
Pour se conduire a besoin d'ouvrir l'œil ;
Et quand la mort termine sa carrière,
Il n'a besoin que de fermer un œil.
Le pauvre aveugle, privé de la lumière
Messieurs et dames, il n'a donc pas d'orgueil ;
Il donnerait tout pour voir périr son père,
S'il lui restait un œil.   (bis)

De ma censure je crains peu la critique,
De mes auteurs je nargue les effets ;
D'un intrigant je crains la politique,
D'un homme humain je chante les bienfaits ;
Si ma chanson peut vous prêter un rire,
Je vous promets quelque nouveau recueil.
Si contre moi vous armez la satyre,
Ne me montrez pas à l'œil.   (bis)

Mon Brik.

Mon brik, comme ta marche est lente,
Ton calme égare ma raison ;

La vague toujours renaissante,
La mer toujours à l'horizon.
Un soir, lorsque le vent contraire
M'éloigne de tes bois fleuris,
Tu voles avec ma prière,
Tes rêves, tes soupirs chéris.

Refrain.

Je dis en fixant une étoile,
Une larme dans le regard,
N'arrive pas, ma blanche étoile,
Trop tard, trop tard, trop tard.

Absent si longtemps du village,
Que de parents seront partis ;
Partis sans moi pour le voyage,
Que nous faisions, grands et petits.
Ma mère, hélas! ma sainte mère,
Reviendra-t-elle comme autrefois,
A genoux au pied du Calvaire,
Dire son chapelet de bois.
  Je dis, etc.

Dieu soit béni, quand dans la brume,
Qu'emporte et disperse le vent,
C'est un clocher, un toit qui fume,
Non, ce n'est pas des fleurs mouvantes.
Là-bas sur terre chacun arrive,
Pour fêter le marin joyeux.
Combien d'amis j'ai sur la rive,
Ma mère était-elle avec eux.

Ma sœur vint à moi la première,
Une larme dans le regard,
Elle me dit, en me montrant la chaumière,
Trop tard, trop tard, trop tard.

Le Serment devant Dieu.

ROMANCE.

Adieu, Paris, adieu,
Adieu, citée; adieu; citée, reine des villes,
Je fuis les places viles,
Où l'on pourrait, où l'on pourrait renier Dieu.

Mais toi. faut-il, pauvre Marie,
Que je te quitte au moment d'être à toi.
Dans ce Paris où tout s'oublie,
Marie , au soldat garderas-tu la foi ?
Ah! pars sans crainte, en me disant adieu,
Je fais serment de te garder toute mon âme.
Quoiqu'il arrive, oui, je serai ta femme,
Je t'en fais le serment, aujourd'hui, devant Dieu (bis

Longtemps après, dit-on,
Pauvre soldat rentrait blessé dans un village.
Pour tout objet d'outrage,
Le malheureux était privé de la raison.
Mais une femme jeune et belle
S'élance en pleurs au milieu des soldats.
André, c'est moi, c'est moi, dit-elle.
André qui pleurait ne la reconnais pas.
Pauvre Marie, quand je te dis adieu,
Je fis serment de te garder toute mon âme.
Dans ton malheur, ma part je la réclame.
Ne suis-je pas ta femme, aujourd'hui. devant Dieu (bis

Sublime dévouement,
Elle reçoit le pauvre fou dans sa chaumière ;
Et là, comme une mère,
Elle veillait toujours fidèle à son serment.
Et puis, un jour, à la chapelle,
Où tout est prêt pour leur hymen,
Elle conduit, ange mortel,
André qui sourit et la suit par la main.
Mais, oh! miracle. en voyant le saint lieu,
Les chants du ciel ont réveillé toute son âme.
C'est toi, Marie, ah! noble et sainte femme,
Ah! tu m'as donc gardé ton serment devant Dieu (bis.

Le jeune Marin.

Air de la Grâce de Dieu.

Jeune marin sur le rivage,
Prêt à partir pour d'autres lieux,

Pressé de cotoyer la plage,
Sa mère en essuyant ses yeux :
Adieu ! disait la pauvre mère,
Va, mon ami, vers d'autres lieux ;
Pour toi je ferai la prière;
Que ton voyage soit heureux.
Va ! mon enfant, reviens !
Reviens fermer mes yeux !   (bis)

Il s'éloigne de son rivage.
La barque, hélas ! est déjà loin.
Sa pauvre mère entend l'orage
Qui murmure dans le lointain ;
Elle se traîne chancelante
Vers le Christ des matelots,
Puis d'une voix triste et tremblante,
Prononce en frémissant ces mots :
Adieu ! mon fils, adieu ! à la grâce de Dieu !
          A la grâce de Dieu !

Elle était là agenouillée
Près du Christ qu'elle implorait,
Quand la tempête apaisée
Laisse voir le jour qui renaît.
Sur un frêle esquif l'on s'avance,
L'infortunée lève les yeux,
Dans ses bras un homme s'élance : _
C'était son fils. Ils sont heureux,
Remerciant les cieux d'avoir comblé leurs vœux.
      Les cieux d'avoir comblé leurs vœux.

Nantes, imp. F. Masseaux et Bourgeois.

L'ÉCHO PARISIEN

CHOIX
de Romances et Chansons nouvelles

CHANTÉES PAR LÉON PIVERT.

LA GERBAUDE.

Venez, fillettes et garçons,   (*bis*).
La gerbaude est faite.
C'est la grande fête ;
A nous la danse et les chansons,   (*bis*).
Le ciel, le ciel a beni nos moissons :
Rions, chantons, dansons, dansons.

Saluez, enfants du village,
C'est la gerbaude aux épis d'or ;
De l'abondance, heureuse image,
Pour le pays, c'est un trésor.
C'est pour chacun un peu de joie,
Pour le pauvre, un baume aux douleurs ;
Pour le bon Dieu, qui nous l'envoie,
C'est le bouquet des moissonneurs !
    Ah ! ah !
Venez, fillettes, etc.

A la sueur de son visage
Tout homme doit gagner son pain ;
Mais parmi ceux qui font l'ouvrage,
Combien peu récoltent le grain !
Vous que la fortune caresse,
Faites du moins quelques heureux,
Car le ciel a, dans sa richesse,
Compris la part du malheureux.
    Ah ! ah !
Venez, fillettes, etc.

Allons, farauds de la contrée,
Braves filles aux jolis yeux,
Entendez-vous, c'est la bourrée
C'est l'appel du cornemuseux.

Qu'à se placer chacun soit preste,
Faisons sauter, sans plus d'apprêts,
L'humble sarreau, la riche veste.
Les bijoux d'or et les bluets.
        Ah ! ah !
    Venez, fillettes, etc.

LE PAYSAN.

I.

Au paysan, le bon Dieu donne
Les blés aux riches épis d'or,
Les grappes que mûrit l'automne,
La terre est son fécond trésor ;
C'est dans son sein que, sans relâche,
Prodigue, il sème à pleine main ;
Aussi plus tard, il en arrache
De quoi nourrir le genre humain.

    Paysan, la nuit s'achève,
    L'alouette va s'éveiller ;
    Avant que l'aube se lève,
    Aux champs, il te faut travailler.
        Vite à la charrue...
    Les grands bœufs, voici le sillon !
        Hue ! hu-hue !
    Marchez, ou gare l'aiguillon !

Comme chaque saison amène,
Avec elle un travail nouveau ;
Que le vent souffle dans la plaine,
Le paysan tient son hoyau.
Sous sa grossière limousine,
Vers la terre on le voit baissé ;
Il fait la guerre à la famine,
En défrichant le sol gercé.
    Paysan, la nuit, etc.

Garde-toi d'envier la ville,
Où chacun veille quand tu dors ;
Demeure en ton séjour tranquille
Où tu vis calme et sans remords.
Au paysan les toits de chaume,
Les vendanges et les moissons,
Les fleurs dont la terre s'embaume,
Le joyeux rire et les chansons.
    Paysan, la nuit, etc.

SI LES FLEURS PARLAIENT.

Sur ce chemin, pauvre belle égarée,
Qui t'a jetée ou t'oublia, dis-moi ?
Petite fleur, faite pour être aimée,
Qui t'a cueillie et ne veut plus de toi ?
De ton destin, je cherche en vain les causes,
Rien ne m'éclaire, hélas ! rien et tu meurs !....
En vérité, l'on saurait bien des choses,
Si le bon Dieu faisait parler les fleurs ;
En vérité, l'on saurait bien des choses,
Si le bon Dieu (*bis*) faisait parler les fleurs.

Vierge des prés, j'aime une blonde fille
Au regard pur comme ton front vermeil ;
C'est elle, oh ! dis, pâquerette gentille,
Qui ce matin a troublé ton sommeil !
Pour se parer, ses mains blanches et roses
T'ont, n'est-ce pas, enlevée à tes sœurs ?
     En vérité, etc.

Si c'était elle, ô ma chère petite,
Dans ses cheveux tu brillerais encor,
Et puis à l'heure où le soir on se quitte,
Tu deviendrais mon bien-aimé trésor.
Mais ce ruban, sur lequel tu reposes,
Vient d'éveiller mes jalouses terreurs.....
     En vérité, etc.

Mais voici Berthe, et son joyeux sourire
Me rend la foi prête à m'abandonner ;
Petite fleur, garde-toi de lui dire
Ce qu'en tremblant j'ai pu te demander.
Mais qu'ai-je à craindre ? ah ! le ciel eut ses
                              [causes
En vous privant de sons révélateurs.....
     En vérité, etc.

LE PETIT RAMONEUR.

ROMANCE.

Lorsque l'hiver jaunit nos prés fleuris,
J'embrasse et quitte une mère adorée
Qui pleure et prie la Vierge vénérée
Pour son enfant au milieu de Paris.

J'offre au partant le bras qu'on encourage
Par quelques sous, quelques morceaux de pain.
Mais, par malheur, si je manque d'ouvrage,
En rougissant, le soir je tends la main.   *bis.*

    Jolis enfants, riches mamans,
    Ayez pitié de ma misère,
    Au loin, au loin, ma pauvre mère
    Attend le pain de ma noire sueur.
    Donnez, donnez au petit ramoneur.   *bis.*

Pourquoi me fuir, enfants si bien vêtus ?
Pourquoi cacher vos jeux à mon approche ?
Ne craignez rien, mon cœur est sans reproche ;
Sous les haillons se cache la vertu.
Peut-être un jour la fortune inconstante
Vous quittera sans espoir de retour ;
Moi, plus heureux, dans ma joie énivrante,
Je pourrai faire une aumône à mon tour. *bis.*
    Jolis enfants, etc.

Chère beauté que le plaisir conduit
Dans cet hôtel où l'opulence brille,
De votre main caressante et gentille,
Laissez tomber une aumône sans bruit.
Dieu vous rendra tout le bien que vous faites,
Et veillera sur vos chastes amours.
La charité est une œuvre parfaite,
Et l'avenir vous promet d'heureux jours. *bis.*
    Jolis enfants, etc.

Le vent me gèle et le froid double encore ;
La neige tombe et me fouette au visage,
Quand, ici bas, chacun me dit courage,
Car, chaque jour, s'augmente mon trésor,
De Dieu j'implore une saison plus belle.
Quand le chemin s'ouvrira sous mes yeux,
Je partirai quand viendra l'hirondelle,
Mon pauvre cœur bondira plus joyeux.   *bis.*
    Jolis enfants, etc.

Angers; Imp Cosnier et Lachèse.

LES DEFAUTS DE JEANNETTE.

Y penses-tu? me dit ma mère ;
Ta Jeannette n'a pas seize ans!
A peine elle a paru sur terre ;
Attends un peu, mon fils, attends!
Cette enfant que ton cœur adore
Un an ne la vieillira pas ;
Hélas! elle est trop jeune encore!
Dans un an tu l'épouseras.
        Trop jeune, vraiment?
        Je ne sais pas comment
        Ce défaut peut déplaire?
    Ma mère dira ce qu'elle voudra,
 J'épouserai Jeannette avec ce défaut-là.

Y penses-tu? me dit ma mère :
Celle dont ton cœur est épris,
C'est la plus brillante héritière
Et du village et du pays!
Tu n'as, toi, de richesse aucune ;
Ma chaumière voilà ton bien ;
Ta Jeannette a trop de fortune,
Elle est trop riche, entends-tu bien !
        Trop riche, etc.

Y penses-tu? me dit ma mère :
Elle est trop belle, en vérité ;
Du soleil même la lumière
N'a pas l'éclat de sa beauté!
Pour épouse, femme gentille
Te conviendrait bien mieux mon fils ;
Oui, de trop d'éclat elle brille,
Elle est trop belle, à mon avis.
        Trop belle, etc

L'AMOUR DU ROI.

ROMANCE.

Si tu voulais, ange pur, suave,
Pour te cacher loin des regards jaloux,
De souverain je te ferais esclave
Et je voudrais t'adorer à genoux ;
Si tu voulais du tourment qui m'agite,
Faire un bonheur en me donnant ta foi.
Pour ton amour, ma blanche Marguerite,
Je donnerais ma couronne de roi.   (bis).

Si tu voulais de ton regard si tendre,
Rayon d'azur et de feux inconnus,
Beauté du ciel, oui, tu pourrais m'apprendre
Tout le bonheur que Dieu donne aux élus ;
Si tu voulais du tourment qui m'agite
Faire un bonheur en me donnant ta foi,
Pour ton amour, ma blanche Marguerite,
Je donnerais ma couronne de roi.   (bis).

Mais tu souris, c'est le ciel qui rayonne,
C'est le bonheur qui renaît sur mes jours.
A moi ton cœur, c'est Dieu qui me le donne ;
A toi ma vie et mon âme toujours.
Non, désormais, ma blanche Marguerite,
Plus de douleurs, je veux auprès de toi
Mettre à tes pieds tout l'amour qui m'agite...
Et sur ton front ma couronne de roi.   (bis).

RÉPONSE A L'AMOUR D'UN ROI

ROMANCE.

Mais pourquoi donc vouloir de Marguerite,
Ceindre le front d'un bandeau de rubis
Pour la flétrir du nom de favorite ,
Ah ! laisse-lui ses vertus et leur prix.
Aimer un roi, c'est devenir esclave,
D'un pur amour, c'est entacher sa foi ;
Respecte au moins le bel ange suave
Que souillerait ta couronne de roi.   } bis.

Sur ton blason, va, si l'or étincelle,
Sur son beau front resplendit la candeur ;
Jamais l'argent dans sa pauvre escarcelle,
Ne vint s'enfouir avec le déshonneur.
Ne ternis pas l'éclat dont elle brille ,
Ah ! laisse-lui les douceurs de la foi ;
Respecte au moins l'honnête jeune fille
Que souillerait ta couronne de roi.   } bis.

A tes parfums, trésors de l'Arabie,
Elle préfère une rose des champs,
Un doux baiser de sa mère chérie,
Le souvenir de ses jeux innocents.
Ne ternis pas l'éclat dont elle brille,
Ah ! laisse-lui les douceurs de la foi ;
Respecte au moins l'honnête jeune fille
Que souillerait ta couronne de roi.   } bis.

ALLEZ VOUS ASSEOIR.

Vous dont l'indulgence excuse
    Mes faibles chansons,
De bon cœur ma pauvre muse
    Reçoit vos leçons ;
Mais vous qui, censeur sévère,
    Ne venez me voir
Que pour me jeter la pierre,
    Allez vous asseoir !

Jeunes gens à tête folle,
    J'aime à préjuger
Que vos nombreuses écoles
    Ont pu vous changer.
Mais un nègre, quoiqu'il fasse,
    Reste toujours noir,
Et tout chien chasse de race,
    Allez vous asseoir !

Badauds qu'on voit sur nos places,
    Debout tous les jours,
Applaudissant aux grimaces
    des faiseurs de tours ;
Pour rester longtemps ingambes,
    Du matin au soir,
Ne restez pas sur vos jambes.
    Allez vous asseoir.

Au cirque, l'autre semaine,
    Un homme fort grand,
M'empêchait de voir la scène,
    Monté sur un banc ;
Je lui dis, piquant sa fesse
    Et le faisant choir :
J'ai payé pour voir la pièce,
    Allez vous asseoir !

Vous dont l'ardeur frénétique
    Courant les honneurs,
Du fauteuil académique,
    Brigue les faveurs :
Renoncez, esprits frivoles,
    A ce noble espoir,
Et sur le banc des écoles,
    Allez vous asseoir !

Bien des gens que la richesse
Ne sait qu'éblouir,
Dans une éternelle ivresse
Espèrent jouir ;
Mais la mort sur leur bougie,
Pendant l'éteignoir,
Leur dit, en arrêtant l'orgie :
Allez vous asseoir !

LE NID CHARMANT.

Du nid charmant caché sous la feuillée.
Cruel petit lutin à la mine éveillée,
Du nid charmant caché sous la feuillée,
Hélas ! pourquoi faire ainsi le tourment ?

Refrain :

Ce nid, ce doux mystére,
Que vous guettez d'en bas,
C'est l'espoir du printemps,
C'est l'amour d'une mère,
Enfants, n'y touchez pas.   (*bis*).

Qui chantera Dieu, la brise et les roses,
Méchants, si vous tuez ces jeunes voix écloses !
Qui chantera Dieu, la brise et les roses,
Autour de vous, tout s'en attristera.

Dieu seul a le droit sur tout ce qui respire,
Ne pouvant rien créer, il ne faut rien détruire
Dieu seul a droit sur tout ce qui respire,
Beaux maraudeurs, prenez garde, il vous voit.

Laissez, laissez, les épis à leur tige,
A l'air, qu'il réjouit, l'insecte qui voltige.
Laissez, laissez, les épis à leur tige ;
Et les fleurs à nos bois, et l'épine aux buissons.

Angers. Imp. de Cosnier et Lachèse.

PETIT OISEAU.

Rêve parfum ou frais murmure,
Petit oiseau, qui donc est-tu ?
Je suis l'amant de la nature.
Créé par Dieu, par lui vêtu,
Je suis un prince sans royaume,
Je suis heureux peu m'importe où ;
Et malgré tout ce qu'en dit l'homme,
Je suis le sage, il est le fou.

    Rêve parfum, etc.

Dans tes chansons toujours joyeuses,
Petit oiseau, que chantes-tu ?
Je chante mes plumes soyeuses,
Ma liberté, mon bois touffu ;
Je chante l'astre qui rayonne,
Et ma gaîté et mes amours,
Je chante le Dieu qui me donne
Le grain de mil et les beaux jours.

    Dans tes chansons, etc.

De nos bosquets, hôte infidèle,
Petit oiseau, dis, où vas-tu ?
Je vais où me porte mon aile,
Vers l'avenir, vers l'inconnu ;
Je vais où va l'homme moins sage.
Tous deux même but nous attend :
Nous faisons le même voyage,
L'un en pleurant, l'autre en chantant.

    De nos bosquets, etc.

Mais au terme de ton voyage,
Petit oiseau, qu'espères-tu ?
J'espère le repos du sage,
Si doux au voyageur rendu ;
J'espère au Dieu de la nature
Rendre ce qu'il m'avait prêté :
Ma plume blanche et ma voix pure,
Mon innocence et ma gaîté,

    Mais au terme, etc.

LES SIX MOIS DE SERVICE.

LE FILS.

Bon jour, mon père, v'là qu'je r'viens du service,
Les gas d'cheux nous sont teurtous renvoyés,
J'avions tant poux qu'en faisant l'exercice
Qu'ces gros bourgeois en étaient z'ennuyés.

Refrain.

Ho, ho, ho, ho, ho, ho, ho, ho.
Mé d'puis six mois cheux nous tous es nouviau.

J'ne r'connais pus nout' fumier ni nout' grange,
V'avez donc fait arracher c' grout urmiau ?
R'gardez donc voir en six mois comm' tout change
A nout grand puits on peut pas tirer d'liau. Ho, ho.

Ma sœur Guerite iou donc qu'al est fourrée,
A doune queuq'part l'augée à nos pourciaux ;
Avec son houmme est elle ben rencontrée,
Met-elle encore mes bœufs tout ras ses viaux ? Ho.

LE PÈRE.

Tes bœufs, mon gas, n'sont pus dans nout'village.
J'les ai vendus à des marchands Manciaux ;
Mais quand j'ai su qui z'allaient à l'herbage,
J'ai tant pleuré ces pouvr's animaux ! Ho, ho.

LE FILS.

V'avez vendu ces p'tites bêtes si mignonnes,
Qui n'bougeaient pas pus qu'un mur à l'heriault.
Et qu'moi j'aimais ben sûr mieux qu' des parsonnes
Ah qu'jai d'chagrin d'mon châtain d'mon, berniault!
Ho, ho.

LE PÈRE.

Ça t'a ben refait dans l'état militaire,
Quanq'tès parti t'avais l'air tout lourdeau,
A c'theu qu'te v'la tu causes comme un noutaire ;
Que j'suis joyeux, mon pauvre armorico. Ho, ho.

LE FILS.

Tout c'qui m' plaisait dans l'état militaire,
C'est l'emp'reux avec tous ses généraux,
Comme leus habits étaient r'luisant, mon père,
Les grous d'Quimper n'en port' jamais de si biaux

Monsieur l'recteur pour chanter à l'église,
A t'i toujours nout' grand cousin Malo,

Qu'avait une sœur à mon gré si ben mise,
Quand qu'a m'voyait qui m'appelait grous lourdeau
Ho, ho.

LE PÈRE.

C'est pas pour toi, mon gas, ta grand' cousine ;
A c'theu qu'a sert cheux des gens d'Endernaut,
A porte une cotte, on dirait d'la mousseline ,
Et su sa tête a l'a z'un grand chapiau. Ho, ho.

LE FILS.

Je r'gard' partout et je ne voit point ma mère ;
A t'elle toujours ses grands mals d'estoumac ,
A t'elle dans l'ventre sa douleur d'ordinaire,
Quan, qui v'nait de liau qui m'servait d'armenac.
Ho, ho.

LE PÈRE.

Ah! n'men parl' pas, mon gas, ta pouver mère,
J'vois ben qu'c'est ielle qui nous ruin'ra tertous ;
Tous les trois mois j'vas cheux l'apothicaire,
Et m'en mang' toutes les fois pour trent' sous. Ho.

LE FILS.

Tin, v'la ma sœur, ma mère et l'grand Philippe,
V'nez donc tertous que j'vous embrasse un brin ;
Toi, ma p'tite sœur, approch' donc que j'te frippe,
Pendant six mois qu'ai z'u tant d'chagrin. Ho, ho.

LA BONNE MÉRE,

HISTOIRE POPULAIRE.

Air des *vingt sous de Périnette.*

Eh quoi! Paul, vous me quittez,
Quoi, sourd à ma plainte amère,
Vous savez que je suis mère
Et sans regrets vous partez;
L'enfant en lequel j'espère
Partagera ma douleur,
Car on n'est jamais bon père
Alors qu'on a mauvais cœur.
Le malheur rend forte et fière
Et mon cœur est triomphant ;
Songez bien, Monsieur, qu'une mère
Doit souffrir pour ses enfants.

D'amour, de soins généreux
J'entourerai son enfance,
Lui cachant mon indigence
Et mes soupirs douloureux ;
Pour soulager sa faiblesse
Je puis encore travailler,
Et si mon ouvrage cesse,
Eh bien ! j'irai mandier.
Le malheur rend forte et fière
Et mon cœur est triomphant ;
Songez bien, Monsieur, qu'une mère
Sait rougir pour son enfant.

Mais si la mendicité
Un jour m'était défendue,
Ramassant dans chaque rue
Le pain qu'on aura jeté ;
Quoique bien faible, épuisée
Par le jeûne et par l'ennui,
Si je n'ai qu'une bouchée,
Je la garderai pour lui.
Le malheur rend forte et fière
Et mon cœur est triomphant ;
Songez bien, Monsieur, qu'une mère.

EPILOGUE.

Mais la faim, l'horrible faim
Vint augmenter sa misère,
Et sans pitié pour la mère
Tarir le lait dans son sein :
L'enfant mourut dans ses langes
Sur un sein livide et creux,
Au ciel il manquait deux anges
Et Dieu les reprit tous deux.
Et les gens du cimetière
Enterraient, tout en pleurant,
Le corps flétri de la mère,
Près de celui de son enfant.

Angers, Imp. Cosnier et Lachese.